SCIENCE FICTION

Herausgegeben
von Dr. Herbert W. Franke
und Wolfgang Jeschke

DIE STIMME DES WOLFS

Science Fiction-Erzählungen aus Frankreich

herausgegeben von

Jörg Weigand

Deutsche Erstveröffentlichung

WILHELM HEYNE VERLAG
MÜNCHEN

HEYNE-BUCH Nr. 3482
im Wilhelm Heyne Verlag, München

Aus dem Französischen übertragen von
Otto Martin

Redaktion: Wolfgang Jeschke

Printed in Germany 1976
Umschlagfoto: Dell Distributing Inc., New York
Umschlaggestaltung: Atelier Heinrichs, München
Gesamtherstellung: Mohndruck Reinhard Mohn OHG, Gütersloh

ISBN 3-453-30361-X

Inhalt

Einleitung

Zumindest mit Jules Verne und Maurice Renard können die Franzosen auf zwei Vorläufer der modernen Science Fiction verweisen, die auch international großes Ansehen genießen. Insbesondere die Romane Jules Vernes erlebten gerade in der Bundesrepublik während der vergangenen Jahre eine wahre Renaissance; und auch von Maurice Renard wurden nach 1945 einige wenige Titel wieder bei uns aufgelegt.

Die moderne französische Science Fiction, die sich nach Beendigung des Zweiten Weltkrieges entwickelt hat, ist dagegen bei uns so gut wie unbekannt. Lediglich René Barjavel hat sich einen bescheidenen Platz im Bewußtsein der SF-Liebhaber sichern können. Immerhin sind einige Romane – meist minderer Qualität – bei uns erschienen. Die französische SF-Kurzgeschichte aber ist bei uns so gut wie unbekannt. Daher empfiehlt sich wohl eine kurze Anmerkung dazu.

Im Oktober 1953 erschien die erste Ausgabe des Magazins ›Fiction‹, nachdem ein bereits 1945 in Brüssel gestartetes französischsprachiges SF-Magazin ›Anticipations‹ nach kurzer Zeit das Erscheinen hatte einstellen müssen. ›Fiction‹ war der französische Ableger des amerikanischen ›The Magazine of Fantasy and Science Fiction‹. Der Herausgeber, Maurice Renault, hatte sich beim amerikanischen Originalverlag von Anbeginn ausbedungen, in jeder Ausgabe einen gewissen Anteil an original französischen Short Stories veröffentlichen zu können. Auch ›Galaxie‹, im November 1953 gestartet, öffnete nach einer gewissen Anlaufzeit seine Seiten den jungen französischen Autoren. Schließlich wurde noch Anfang 1958 ›Satellite‹ auf den Markt gebracht. Von Amateuren ziemlich dilettantisch gemacht, war dieses Magazin nicht an ein amerikanisches Magazin gebunden und bot französischen Schriftstellern zahlreiche Möglichkeiten der Publikation. So war – allein von den Möglichkeiten der Veröffentlichung her gesehen – der Boden bereitet zur Entwicklung der modernen französischen SF. Die vorliegende Anthologie kann, wenn auch in bescheidenem Umfang, diese Entwicklung aufzeigen.

Francis Carsac (geb. 1919), eigentlich François Bordes, ist – wie Chad Oliver – Anthropologe und lehrt an der Universität Bordeaux. Zusammen mit Henneberg und Wul steht er für die Anfangsperiode gleich nach dem Krieg, die sich noch stark an amerikanischen Vorbildern orientierte. Charles Henneberg (1899–1959), deutscher Abstammung und nach Dienst in der Fremdenlegion in Frankreich geblieben, schrieb seine Romane und Novellen zusammen mit seiner Frau Nathalie, wobei er die Szenerie und den Aktionsablauf festlegte, während sie die stilistische Überarbeitung vornahm. Nach seinem Tod schreibt Nathalie Henneberg weiter; ihren Arbeiten aber fehlt spürbar der große Atem ihres Mannes. Charles Henneberg bevorzugte den großen Mythos, baute Legendenhaftes der Menschheitsgeschichte ein. Unsere Erzählung ist ein typisches Beispiel dafür. Stefan Wul (geb. 1922), von Beruf Zahnarzt, begann 1956 zu schreiben, um es drei Jahre später schon wieder aufzugeben. In dieser kurzen Zeit veröffentlichte er neben einigen Novellen 11 Romane, die zum überwiegenden Teil zum besten gehören, was die französische Science Fiction bislang hervorgebracht hat. Wuls Meisterschaft zeigt sich deutlich in der Darstellung einer Reise zwischen Schein und Wirklichkeit, zwischen gestern und heute, in der vorgelegten Geschichte.

Mit Gérard Klein und Jean-Michel Ferrer deutet sich bereits eine eigenständige Weiterentwicklung innerhalb der französischen SF an. Die amerikanische SF gilt nicht mehr unbedingt als nachahmenswert; junge Autoren suchen nach neuen Wegen. Eigenheiten der französischen Sprache prägen spürbarer den Stil. Gérard Klein (geb. 1937) studierte Volkswirtschaft, begann aber bereits während des Studiums SF zu schreiben und bewährte sich auch als Kritiker. Unter dem Pseudonym Gilles d'Argyre veröffentlichte er u. a. eine Trilogie um die Urbarmachung des Mars und der darauf folgenden Eroberung des Alls, in der seine poetische Begabung voll zum Tragen kommt. Jean-Michel Ferrer ist das Pseudonym des Chefredakteurs der französischen Ausgabe von ›Galaxie‹, Michel Demuth (geb. 1939). Ursprünglich Übersetzer für Englisch in Lyon, wurde er Ende der sechziger Jahre der wichtigste Autor von ›Fiction‹. Unter seinem richtigen Namen beschreibt Demuth in dem Novellenzyklus ›Les Galaxiales‹ eine Zukunft des Menschen im Weltall. Dieser Zyklus ist bisher leider ein Torso geblieben, läßt aber bereits jetzt, selbst in seiner Bruchstückhaftigkeit, die Meisterschaft der Gesamtkonzeption und der Darstellung erkennen.

Für die letzten Jahre, in denen die französische SF-Story geprägt wird von Autoren, die in ihren Arbeiten sozial und politisch engagierter sind, mögen beispielhaft zwei Erzählungen von Jean-Pierre Andrevon und Daniel Walther stehen. J. P. Andrevon (geb. 1937) ist einer der wenigen französischen Berufsschriftsteller des Genres. Neben engagierten Kurzgeschichten schreibt er auch Fantasy-Romane und (unter dem Pseudonym Alphonse Brutsche) Space-Operas und Horror-Romane. Wie Andrevon zeigt auch Daniel Walther (geb. 1940) starkes politisches Engagement in seinen Novellen. Neuerdings hat sich Walther, von Beruf Journalist, mehr dem Gebiet der Fantasy-Literatur gewidmet. Von den ursprünglich vorhandenen drei französischsprachigen SF-Magazinen bietet inzwischen nur noch ›Fiction‹ französischen Autoren die Möglichkeit der Publikation. ›Satellite‹ ist verschwunden; ›Galaxie‹, eine Zeitlang wegen Absatzmangel verschwunden, veröffentlicht nur noch amerikanische Autoren. Sieht man von den Fanzines ab, von denen es in Frankreich einige bemerkenswert gute gibt, bedeutet dies: nur noch sehr eingeschränkte Möglichkeiten für die französischen SF-Schriftsteller. Es bleibt zu hoffen, daß sich dies nicht allzu negativ auf die gerade erst entfaltete Eigenständigkeit der französischen SF auswirken wird. Immerhin hat sich eine kleine Anzahl von Autoren ausreichend profilieren können. Bei dem gegenwärtigen starken Interesse an SF in Frankreich wird sich vielleicht doch wieder eine Chance für sie ergeben, eine ›französische Schule‹ (oder wie man dergleichen zu nennen hätte) zu formen, die der Gesamtentwicklung der Science Fiction entscheidende Impulse vermitteln könnte.

Jörg Weigand

Francis Carsac

Die Stimme des Wolfs

I

Das rote Kontrollicht blinkte, erlosch und leuchtete wieder auf. Diesmal erlosch es nicht mehr. Jean Michaud wurde aus dem Halbschlaf gerissen, in den er während der monotonen Überwachung des Hyperradarschirms versunken war, schüttelte den Kopf und verjagte die letzten Nebel seiner Betäubung. Auf dem fluoreszierenden Schirm war soeben unter kleinen Flecken – Reflexen kosmischen Staubs – ein schärferer Punkt erschienen. Michaud drückte auf den Knopf der Sprechanlage.

»Kontakt, Kommandant!«

»Ich komme!«

Eine Minute später war der Kommandant Olivarez zur Stelle. Klein, tiefbraun, mit dem Schatten eines dichten Bartes in seinem langen schmalen Gesicht, den der Rasierapparat nie ganz bewältigte, bildete er einen auffallenden Gegensatz zu dem jungen Leutnant, dessen mächtige, große Gestalt – ein Meter neunzig – für den Metallsessel eine fast zu schwere Last war.

»Seit wann haben Sie diesen Kontakt?«

»Ich habe Sie sofort gerufen, Kommandant. Er ist in unserer maximalen Reichweite.«

»Hundert Millionen Kilometer! Dann haben wir noch Zeit, wenn es sich um etwas anderes als einen Asteroiden oder einen Kometen handelt. Bei dieser Entfernung wäre es sinnlos, das Fernrohr zu nehmen. Haben Sie eine Vorstellung von seinem Kurs?«

»Das Fizeauskop gibt noch nichts an.«

»Gut. Behalten Sie das Objekt im Auge.«

Michaud zögerte eine Sekunde:

»Wir nehmen die Verfolgung auf, Kommandant?«

Olivarez war es nicht gewöhnt, seine Entscheidungen mit seinen Untergebenen zu diskutieren. Diesmal machte er eine Ausnahme.

»Ich weiß noch nicht, Leutnant. In dem Sektor, in dem wir uns befinden, gibt es weder Kolonien noch eine bekannte nichtmenschliche Rasse. Ein Aufklärer? Wir könnten uns leicht vergewissern, indem wir eine Botschaft übermittelten, aber davon möchte ich lieber absehen, für den Fall, daß es sich um eine neue Rasse handelt. Wenn ihre Radargeräte nicht so gut wie unsere sind, könnten wir nahe genug herankommen, um sie durchs Fernrohr zu beobachten, ehe wir selber geortet werden . . .«

»Warum nehmen wir dann nicht die Wellenlänge des Dienstcodes? Wenn es nicht die unseren sind, dann ist doch kaum anzunehmen, daß sie gerade auf dieser Frequenz sind.«

»Denken Sie daran, Michaud, daß wir einen Monitor haben, der praktisch alle vorkommenden Wellenlängen abhört. Vielleicht machen sie es ebenso.«

»Da haben Sie allerdings recht, Kommandant. Wieviel nichtmenschliche Rassen haben unsere Expeditionen bis jetzt angetroffen?«

Olivarez war als Kenner fremder Kulturen im Raum ebenso berühmt wie als Kommandant des Aufklärers *La Fulgurante*.

»Siebzehn, Leutnant. Aber keine in diesem Quadranten.«

Wieder allein, widmete der junge Leutnant seine ganze Aufmerksamkeit den Apparaten. Der leuchtende Punkt schien unbeweglich zu sein. Michaud stellte auf noch stärkere Vergrößerung ein. Er konnte allerdings nicht hoffen, das fremde Raumschiff zu sehen – wenn es überhaupt eins war. Es war viel zu weit entfernt. Unten links, gedämpft durch den automatischen Photokompensator, funkelte der Stern, dessen System sie soeben erforschten, und gerade in der Mitte schwamm der vierte Planet majestätisch im Raum, ihr Ziel, ein kleiner runder grüner Fleck.

»Was haben sie im Kontinuum zu suchen, so nahe einer

Welt? Wenn sie zu uns gehören, dann geht die Hälfte der Entdeckungsprämie flöten! Und wenn es Fremde sind . . . Sind sie dann auch auf Erkundungsflug – oder sind sie bei sich daheim?«

Die Nadel des Fizeauskop schwankte und schlug dann leicht nach rechts aus.

»Verdammt! Gerade auf uns zu, wie es scheint! Kommandant, das *ist* ein Raumschiff!«

Grell zerriß das Alarmsignal ›Jeder auf seinen Posten‹ die Stille, in der bisher nur das Brummen der Maschinen zu hören gewesen war. Eine Minute später ließ sich ein großer junger Mann, mager und rothaarig, auf den Sitz zur Linken fallen, Jerry Dahl, der Radar-Telemetriker, den Michaud abgelöst hatte. Zehn Sekunden später setzte sich der Feuerleitoffizier Boris Ivanov auf den Platz zur Rechten, nachdem er die Tür dicht geschlossen hatte. Die Besatzung des Postens 1 war vollzählig.

»Nun, Jean, was hast du entdeckt? Ein Fremder oder einer von uns, der uns die Prämie wegschnappen will?«

Die langen mit Sommersprossen übersäten Hände betätigten Schalter und Druckknöpfe mit einer Geschicklichkeit, die Michaud niemals aufgebracht hätte.

»Das möchte ich von dir wissen!«

Die Stimme von Olivarez, der die Übertragungsanlage einen metallischen Klang gab, schnitt die Unterhaltung ab:

»Wir haben soeben das Erkennungssignal gegeben. Es ist tatsächlich so gut wie sicher, daß wir schon geortet worden sind. Es werden aber noch zehn Minuten vergehen, ehe wir auf eine Antwort hoffen können. Die Wahrscheinlichkeit, daß wir es mit einem anderen, einem Fremden, zu tun haben, ist groß. Soeben habe ich nochmals die Anweisungen durchgesehen, die wir vor unserem Abflug erhalten haben. Unser nächster Kamerad, die *Antares*, ist mindestens einhundert Lichtjahre von uns entfernt.

Wenige unter euch haben schon einmal einen ersten Kontakt

erlebt. Ich erinnere daran, daß es jetzt auf kaltes Blut und Disziplin ankommt. Alle künftigen Beziehungen zwischen den Menschen und den anderen können von den nächsten Minuten abhängen. Niemand darf ohne offiziellen Befehl schießen, selbst wenn wir beschossen werden oder eng aneinander geraten! Vom Augenblick der Alarmstufe Rot an und dem Klarmachen zum Gefecht verlange ich, daß jeder den Elastik-Schutzanzug trägt! Daß mir das jeder kapiert! Ihr könnt dann in aller Ruhe die eigentlichen Raumanzüge anlegen, wenn ihr das Pech habt, sie zu brauchen. Ende. – Telemetrie!«

»Richtung 000, Entfernung 98 Millionen. Geschwindigkeit 5000 Kilometer in der Sekunde, Radialkomponente. Tangentialgeschwindigkeit unbekannt«, meldete Jerry Dahl in routiniertem Singsang.

»Feuerleitstelle!«

»Rohre 1 und 2 geladen, Thermonuklearköpfe Rohre 3 und 4 geladen, H-Sprengköpfe, Rohre 5 und 6 geladen, C-Waffen«, antwortete Ivanov.

»Rohre 7 und 8 geladen, Thermonuklearköpfe, Rohre 9 und 10 geladen . . .«

Einer nach dem anderen leierten die sechs Posten der Feuerleitstellen ihre Litanei des Todes herunter.

»Richtung 000, Entfernung 97 Millionen 900 000, Radialgeschwindigkeit 6000 Kilometer in der Sekunde . . .«

»Kein Zweifel, sie haben uns gesehen«, murmelte Michaud.

»Dein erster Kampf?« fragte der Russe.

»Ja, und du?«

»Drei gegen die Kzlils . . .«

Mit einer erregten Geste hieß Dahl sie schweigen. Ein plötzlicher Druck preßte sie in ihre Sitze. *La Fulgurante* beschleunigte auf 2 g. In tiefem Schweigen verflossen die Minuten, bis ein schneidendes Klingelsignal sie hochfahren ließ. Die Alarmstufe Rot, der das Alarmsignal ›Klar zum Gefecht‹ folgte.

Michaud sprang auf, aber Ivanov war ihm schon zuvorgekommen. Er zog aus dem Metallschrank die drei elastischen

Kombinationen heraus, die es ihnen erlauben würden, während sie im Gefahrenfall ihre Raumanzüge anlegten, eine nicht zu schroffe Druckminderung zu überstehen. Sie legten ihre Sauerstoffmasken an und nahmen ihre Posten wieder ein, während Dahl sich seinerseits ankleidete.

Der Lautsprecher brüllte:

»Antwort erhalten. Keine bekannte Sprache, weder menschlich noch sonst eine andere bekannte. Kinder, wir werden die Ehre eines ersten Kontaktes haben! Leutnant Michaud, der Leutnant Caccini wird Sie vertreten. Melden Sie sich sofort beim Kommandanten . . .«

»Veinard, du wirst alles sehen können!«

». . . und bringen Sie Ihren Raumanzug mit.«

Ein allgemeines Gelächter begrüßte diese Bemerkung des Kommandanten. Etwas anderes hätte Michaud ja nicht anziehen können.

»Richtung 3 Grad Ost. Entfernung 95 Millionen. Geschwindigkeit 7000 Kilometer in der Sekunde.«

Mit halblauter Stimme fügte Dahl hinzu:

»Es manövriert also. Will man uns von der Seite her angreifen oder uns ausweichen? Viel Glück, Jean, und auf bald, hoffe ich!«

Als Michaud den Befehlsraum des Kommandanten betrat, erwartete ihn Olivarez zusammen mit seinem Stab: Der Erste Leutnant Ali Kemal, der Zweite Leutnant Terai, dessen polynesische Lässigkeit seine Energie schlecht verbarg, Horqarnaq, der Schiffsmechaniker, ein untersetzter und stets zum Lachen aufgelegter Eskimo und zwei Zivilisten: Dr. Müller, der Linguist, und Oumbopa, der Astronom, ein Kaffer von vierschrötiger Gestalt.

»Ich habe Sie herbestellt, Michaud, denn nach Ihren Personalunterlagen haben Sie als Spezialfach die Linguistik gewählt. Sie sind von jetzt an bis auf weiteres Dr. Müller unterstellt.«

»Ah, mein junger Freund, wo haben Sie studiert und bei wem?«

»An der astronautischen Akademie von Reggane, bei Professor Vandenberg.«

»Ausgezeichnet! Vandenberg ist einer meiner alten Schulfreunde, und ich schätze ihn sehr, auch wenn wir uns mitunter über die Übersetzung der Rollen der toten Städte von Alpha Polaris III nicht einig sind. Kommen Sie doch etwas näher, ich möchte Ihnen die Aufzeichnung der Botschaft vorspielen, die wir als Antwort erhalten haben.«

Sie gingen in den kleinen Raum, der das Arbeitszimmer des Dr. Müller war.

»Setzen Sie sich! Die Schüler meines Freundes sind meine Freunde! Das ist die Botschaft.«

Vom Tonband kam eine singende Stimme:

»Aneoiditelekrantchaboetele ansitelekranchateoutelalou hineto beteoersiteriskaridoro.«

»Worte, oder vielleicht besser gesagt, vier Sätze, die wir nicht entziffern können. Ich weiß nicht, was ich damit anfangen soll.«

»Auch ich nicht, mein Lieber, auch ich nicht! Zum Teufel, Ihr Kommandant scheint zu glauben, daß wir zaubern können! Ach, wenn wir doch noch mehr Worte hätten und Bilder, dann kämen wir vielleicht hin. Mein Gott! Wenn ich an all die Eseleien denke, die man über die Entzifferung von unbekannten Sprachen hören und lesen kann! Stellen Sie sich vor, ich habe da einen Roman von einem Verfasser gelesen, dessen Namen ich Ihnen nicht nennen möchte, er ist zu bekannt! Nun, in dieser Geschichte kommt eines unserer Raumschiffe auf einem Planeten an. Die Besatzung findet Inschriften und siehe da, auf drei Seiten liest der Linguist an Bord in einem Zug die Texte ab. Tatsächlich! Nehmen Sie diese berühmten Rollen von Alpha Polaris: Wir sind sicher, daß diese Sprache mit derjenigen der Klens-Bergbewohner zusammenhängt. Nun, da, wo Ihr Lehrer, mein Freund Vandenberg liest: *»Ich, Akka, König, brachte den Göttern ein Opfer dar«*, lese ich: *»Ich, Akka; König, nahm eine neue Konkubine!* Oh, oh! Sie ist wohlbekannt!

Ich bin sicher, daß ich recht habe. Nach ihren Reliefs zu urteilen, waren die Ur-Klens eine tolle Bande von Satyren! Und Vandenberg ist wahrhaftig viel zu puritanisch. Gehen wir zum Kommandanten zurück! Vielleicht gibt es etwas Neues?«

Oumbopa stellte sorgfältig das Fernrohr ein. Das Gerät befand sich vor dem Raumschiff. Dazu bestimmt, schon von weitem die Systeme zu studieren, ehe man ihnen nahe kam, war es mit einem elektronischen Verstärker ausgerüstet und erlaubte fantastische Vergrößerungen. Auf seinem Schirm gewahrte man aber immer noch nur einen kleinen leuchtenden Fleck unbestimmter Form.

»Wir müssen noch warten, Kommandant«, sagte der schwarze Astronom mit seiner tiefen afrikanischen Stimme, die dumpfer vibrierte als eine europäische.

Sie warteten, und das Schweigen wurde nur durch die Meldungen der Telemetriker und das »Noch nichts, Kommandant« der Funker unterbrochen, die vergeblich versuchten, den Kontakt mit den ›anderen‹ wieder aufzunehmen.

Alles an Bord der *Fulgurante* schwieg. In die engen Kabinen eingeschlossen, warteten die Männer auf den Befehl, der die Fusionsprojektile freigeben oder das ›Klar zum Gefecht‹ beenden würde. Draußen, hinter dem plötzlich ach so dünnen Rumpf durchdrangen die Sterne die Nacht des Raums mit ihrem Licht ohne Strahlenkranz, und weit von dem Raumschiff entfernt drehte sich der unbekannte Planet, den sie im Namen der Menschheit erforschen wollten und den ihnen ›die anderen‹ vielleicht streitig machen wollten. Bis jetzt war die Eroberung des Kosmos durch die Menschen friedlich verlaufen, mit Ausnahme der kurzen Unterbrechung vor zehn Jahren durch den kzliliennischen Krieg.

Ein Telefon schnarrte. Olivarez nahm den Hörer ab.

»Kommandant, wir sind uns sicher, daß der Planet keine Energien irgendwelcher Form abgibt, außer den natürlichen Energien. Kein Radio, keine Kolbackwellen, keine Radioaktivität, außer den normalen Werten.«

»Diese Welt weist also kein intelligentes Leben auf oder wenigstens keine industrielle Zivilisation.«

»Wenn sie uns nicht geortet haben, Kommandant, und sich vielleicht totstellen?«

»Eine Zivilisation kann sich nicht totstellen wie eine Robbe, Horqarnaq! Im Augenblick der Annäherung hatten wir ja auch nichts entdeckt. Das Pech ist nur, wenn dieser Planet für uns jungfräulich ist, dann ist er es auch für sie.«

Mit einer Handbewegung wies er auf den kleinen leuchtenden Fleck auf dem Schirm. Er war sichtbar gewachsen. Oubopa kam mit der Feineinstellung nach.

»Jetzt sieht man allmählich seine Form!«

»Wenn man das eine Form nennen kann!«

»Das ist weder eins der unseren Schiffe, noch eins der Krens, noch der Hopolpos, der Sinerianer oder der . . .«

»Überflüssig, die ganze Reihe aufzuzählen, Kemal«, unterbrach Terai. »Das ist tatsächlich etwas Neues.«

»Sie sind wahrscheinlich weniger traditionsverbunden als wir oder eine ganz andere Rasse als wir bis jetzt kennen . . .«

»Wahrhaftig! Da wir für unsere Raumschiffe die äußere Form der ursprünglichen Modelle beibehalten haben, Rakete oder Kugel . . .«

»Etwas dieser Art war früher einmal vorgeschlagen worden, als unsere Vorfahren daran dachten, den Raum mit Atomraketen erobern zu können . . .«

»Das war weniger kompliziert!«

Das fremde Schiff zeichnete sich jetzt klar auf dem Schirm ab. Von einem kugelförmigen Mittelpunkt gingen strahlenförmige Strukturen aus, wie die Stacheln eines Seeigels, von denen jeder wiederum in einer Kugel endete. Es war kein Antrieb irgendeiner Art zu erkennen.

»Sie müssen kosmischen Magnetismus benutzen, wie wir . . .«

»Kommandant, Kommandant! Telekontakt!«

Der Schrei des Nachrichtenoffiziers unterbrach die Kommentare. Der Fernsehschirm leuchtete hell auf und schillerte in allen Farben. Gespannt starrten sie alle auf den Schirm. Die Farben ordneten sich, und für den Bruchteil einer Sekunde wurde ein Bild sichtbar.

»Haben Sie es gesehen?«

»Ja, das würde bedeuten . . .«

»Die Begegnung mit den ersten Humanoiden!«

»Unmöglich! Auf einem so flüchtigen Bild können unsere Augen . . .«

»Auf jeden Fall suchen sie Kontakt . . .«

»Eine fehlgeleitete Sendung . . .«

»Bei ihrem technischen Niveau! Und für wen sollte sie denn bestimmt gewesen sein?«

»Da! Es kommt wieder!«

Jetzt kam das Bild auf dem Schirm zum Stillstand. Aus den Tiefen des Raums heraus betrachtete sie ein Gesicht, ein menschliches Gesicht! Gewiß, einer irdischen Rasse konnte es nicht angehören. Unter langen blonden Haaren mit grünlichem Schimmer eine hohe Stirn, glatt, schmal; darunter zwei seltsame ausdrucksvolle violette Augen, mandelförmig weit auseinandergezogen, schräg, überbetont asiatische Augen. Die Nase war schmal und gerade, der Mund mittelgroß, ohne vorstehenden Kiefer, die Haut von einem warmen Hellbraun mit einem Stich ins Kupferfarbene. Der Hals war lang und graziös, die Ohren klein, aber fleischig, das Gesicht oval, und die etwas hochgezogenen Mundwinkel gaben ihm den Ausdruck freundlichen Spotts.

»Mein Gott, ist die schön!«

Dieser Schrei entrang sich Michaud.

»Aber ist es denn eine Frau?«

»Sehen Sie doch hin! Da ist übrigens auch noch ein Mann!«

Soeben war noch eine zweite Person aufgetaucht, etwas größer, mit härteren Zügen, aber den gleichen Rassemerkmalen.

»Da hast du es, Michaud! Die Stelle ist schon besetzt, mein Lieber!«

»Genug des Unsinns«, beendete Olivarez die Unterhaltung. »Senden Sie nun Ihrerseits. Damit sie sehen, daß auch wir menschliche Wesen sind!«

»Wir werden also nicht mit ihnen kämpfen, Kommandant?«

»Nicht, wenn ich es vermeiden kann. Fotografieren Sie alles, was man von Ihrem Kommandostand aus sehen kann.«

Hinter den Unbekannten wimmelte eine ganze Fläche von Apparaten, trotz ihrer Fremdheit vertraut wirkend. Der Mann nahm verschiedene Einstellungen vor, und ein Schirm leuchtete auf, auf dem das Bild der Offiziere der *Fulgurante* erschien.

Olivarez stellte sich vor den Sender und sprach langsam mit ausgestreckten Händen:

»Seid gegrüßt, unsere Brüder im All! Wir kommen in Frieden!«

II

»Ilia olenga aritsumu teb irig'no – Nein, das war falsch. Irieg'no ...«

Die fremde Sprache, die Sprache der ›anderen‹, kam fast mühelos von seinen Lippen. Seit drei Monaten bewegte sich *La Fulgurante* in einer Umlaufbahn um den Planeten, und das fremde Raumschiff machte es ebenso. Zunächst im stillschweigenden Einverständnis, dann als klare Abmachung hatten die beiden Kommandanten beschlossen, erst die Sprachbarriere zu überwinden, bevor sie landeten und persönlichen Kontakt aufnahmen. *La Fulgurante* stellte Dr. Müller und Michaud als Dolmetscher, während bei den ›anderen‹ das junge Mädchen und ihr Bruder die gleiche Rolle übernehmen sollten.

Anfangs waren die Dinge nur langsam vorangekommen. Trotz der durch das Fernsehen übermittelten Bilder war es für die beiden Rassen, zwei ganz verschiedene Kulturen, nicht leicht, sich zu verständigen. Die gegenständlichen Begriffe, die sich auf einfache Dinge bezogen, waren von beiden Seiten schnell erfaßt und übersetzt worden. Aber wenn es einfach ist, zu sagen: »Ich setze mich auf den Stuhl«, so ist es schwierig, Abstraktionen auszudrücken, vor allem Empfindungen. Glücklicherweise schien sich die ›Menschlichkeit‹ der Fremden auch auf ihre Psychologie auszudehnen, und zweifellos wären viele wissenschaftliche Arbeiten über die unwahrscheinliche Übereinstimmung geschrieben worden, die auf der Erde und auf Elalouhin zu so parallelen Entwicklungen geführt hatte! Sie erstreckte sich auch auf die Zahl der Chromosomen und wahrscheinlich auch die Gene und die Biochemie, was Brian O'Hara, einen der Biologen an Bord, zu der Bemerkung veranlaßte, daß eine Heirat zweifellos zu Nachkommenschaft führen würde.

Das Studium der Sprache der Elalouhini war schwierig gewesen, und ohne die tatkräftige Unterstützung des alten deutschen Philologen wäre es Michaud zweifellos nicht gelungen, sie in so kurzer Zeit zu sprechen. Ilia, die junge Fremde, hatte weniger Mühe gehabt, die Raumsprache zu erlernen, die bewußt in ihrer Syntax und in ihrem Wortschatz vereinfacht war.

»Ilia, ich freue mich, Sie bald persönlich begrüßen zu können«, sagte Michaud. »Ich bin sicher, daß diese Begegnung unseren beiden Rassen in ungeahnter Weise nützen wird, die sich zur gleichen Zeit so fern und so nahe sind.«

»Auch ich freue mich darauf. Sie erinnern sich an Ihre Befürchtungen, Jean?«

Er lachte von ganzem Herzen. Sobald sie mehr als nur ein paar Worte austauschen konnten, hatte er sich nach ihrer Größe erkundigt, weil er befürchtete, daß sie eine Riesin von zehn Metern Höhe oder ein Zwerg von dreißig Zentimetern sein könne. Tatsächlich war es in keiner Weise möglich, im voraus das Maß von Objekten oder Wesen auf einem Fernsehschirm zu bestimmen. Aber aus einer Messung des fremden Raumschiffs und einer Angabe der Größenverhältnisse hatte er zu seiner Erleichterung geschlossen, daß die Elalouhini etwa irdische Körpergröße aufwiesen. Ilia war ungefähr einen Meter dreiundsiebzig groß, ihr Bruder einen Meter achtzig. Schließlich waren noch genauere Maßeinheiten zugrunde gelegt worden, die nichts an seinen Schätzungen geändert hatten.

Jede Drohung eines Konfliktes schien begraben zu sein. Die Elalouhini waren auf einem Erkundungsflug, weit über die normalen Grenzen ihrer sonstigen Ausdehnung hinaus, und sie hatten nicht die Absicht, diesen zu weit entfernten Planeten zu kolonisieren. Sie bildeten, mehr als sechshundert Lichtjahre von der irdischen Zone entfernt, eine weit ausgedehnte friedliche Konföderation von Völkern, die alle humanoid waren.

»Wir werden morgen landen, Ilia. Wußten Sie das?«

»Ja. Wir werden dasselbe tun, in fünfzehn Eltons ... Ich sollte besser sagen, etwa zehn Kilometer von Ihnen entfernt. Und übermorgen ...«

»Übermorgen das große Treffen! Die beiden humanoiden Rassen der Milchstraße endlich vereint, unter soviel nichtmenschlichen!«

»Es gibt bei uns eine alte Prophezeiung, die besagt, daß wir eines Tages unsere Brüder ›auf dem Weg der Sterne‹ wiederfinden werden. Die Vorausschau eines Sehers oder reiner Zufall? Wir werden viel Wissen auszutauschen haben. Viel haben wir schon gelernt. Die Parallele unserer kulturellen wie auch physischen Entwicklungen wird zweifellos Licht auf die tieferen Ursachen der Evolution werfen ...«

»Eine einzige Sache betrübt mich, Ilia. Nach diesem Zusammentreffen müssen wir uns von neuem trennen. Wer weiß, wann wir uns wiedersehen werden? Ich bin Offizier und muß den Befehlen gehorchen ...«

»Vergessen Sie nicht, daß Sie jetzt unsere Sprache sprechen; und wir werden Sie als Verbindungsoffizier anfordern.«

Michauds Gesicht hellte sich auf.

»Sie legen Wert darauf, mich wiederzusehen?«

»Vielleicht. Aber sind wir nicht zu weit von Ihnen entfernt, wir mit unseren so verschiedenen Gebräuchen, mit unserer Art, das Fleisch roh zu essen . . .?«

»Unsere Rasse umfaßt zahlreiche Kulturen, wie es bei Ihnen in Ihrer Vergangenheit auch gewesen ist. An Bord der *Fulgurante* sind elf Völker vertreten, und wir haben gelernt, uns gegenseitig zu respektieren, selbst wenn wir uns nicht immer vollkommen verstehen. Und nach drei Monaten, die wir nun fast Seite an Seite verbracht haben, in denen wir uns alle Tage gesehen und gesprochen haben, um gemeinsam die Schwierigkeiten der Sprache zu überwinden, stehen Sie mir jetzt genauso nahe wie meine Kameraden an Bord, vielleicht sogar noch näher als der größte Teil von ihnen.«

Sie errötete leicht.

»A biltu erenga e ten, erenga knou bilto etil! Die Freundschaft sagt Liebenswürdigkeiten, und die Freundschaft läßt das Wort aussprechen! Auf übermorgen, Jean, und dann von Angesicht zu Angesicht!«

Nachdem die Verbindung unterbrochen war, überließ er sich seinen Gedanken. Was hatte sie mit dieser Redewendung sagen wollen? Er sah seine zahlreichen Notizen durch. Bilto etil: das Wort sagen. Dasjenige, das öffentlich ausgesprochen, verpflichtete. Das Gegenstück in der Sprache der Elalouhini zum feierlichen Ja. Also so war es gemeint! War sie verliebt in ihn, wollte sie die Schranke von Hunderten von Lichtjahren überspringen? O'Hara behauptete es . . . Zum Teufel, er selber war nicht in sie verliebt! Oder war er es doch? Er sprach schon so viel von ihr, daß man an Bord seine Witze über ihn machte. Nun, und wenn schon! Was war schließlich daran verwerflich? Wenn die beiden Rassen einander so nahe waren, wie es schien, würde das Geschlechtliche unausweichlich sein. Er wäre dann ganz einfach der erste . . .

Am nächsten Tag hatte er kaum Zeit, über sein Problem nachzudenken. Olivarez gab ihm den Auftrag, die Expedition zu leiten, die auf ›Rencontre‹ landen würde, wie man den Planeten genannt hatte. Die Berichte der Ökologen und Biologen, die man vorausgeschickt hatte, sobald man sicher war, daß die Begegnung der beiden Rassen friedlich verlaufen würde, waren alle günstig: Das Milieu dem irdischen Milieu sehr ähnlich, keine Bakterien und keine Viren, gegen die der Universalimpfstoff nichts ausrichten würde.

Sie schlugen ihr Lager am Fuße eines Hügels auf, nahe einem langgestreckten, schmalen See, dessen Ufer von Tausenden von Pseudo-Wasservögeln bewohnt wurden. Nach allen anderen Seiten dehnte sich eine leicht gewellte Ebene bis zum Horizont, von hohen Gräsern bewachsen und von Baumgruppen durchsetzt. Zur Mittagszeit senkte sich die Kugel der Elalouhini am anderen Ende des Sees nieder. Ein kurzer Fernsehkontakt bestätigte die Anwesenheit Ilias und ihres Bruders.

Das Barackenlager war schnell aufgestellt. Es wurde vereinbart, daß die Begegnung am nächsten Tag im Lager der Erdbewohner neun Uhr vormittags Ortszeit in Gegenwart der Anführer beider Parteien stattfinden sollte. Alles schien gut abzulaufen.

Das Drama begann um fünf Uhr nachmittags. Eine halbe Stunde vorher hatten drei junge Astronauten Michaud um die Erlaubnis gebeten, einen leichten Wagen zu nehmen, um zu sehen, ob der See diese Fische enthielte, von denen die Biologen berichtet hatten. Nachdem sie eine Reihe von Prüfungen durchlaufen hatten, waren diese Fische zu einer Delikatesse für die Mannschaften und die Offiziere geworden. Das Lager war fast fertig eingerichtet, und es lag kein Grund zu einer Ablehnung vor. Michaud erinnerte sie jedoch ausdrücklich daran, daß sie nicht versuchen sollten, mit den Elalouhini zusammenzutreffen. Die jungen Leute machten sich auf den Weg.

Genau um fünf Uhr ließ der ferne Knall einer Raketenpistole den Leutnant aufspringen. Dann zuckte er die Achseln: Eine Explosiv-Rakete ins Wasser zu schießen war zwar die brutalste, aber immer noch die einfachste Methode, um Fische zu fangen, wenn es keine Vorschriften gab, die es verboten. Da er während dieser Überlegung jedoch fast gleichzeitig ein peitschendes Zischen besonderer Art gehört hatte, holte er seinen Feldstecher aus der Baracke und suchte die Ufer des Sees ab. In weiter Entfernung sah er den Wagen von einem Hain aus Richtung der Kugel zurückkommen.

»Diese Drecksäcke! Trotz meines Verbots haben sie bei den Elalouhini herumspioniert«, dachte er wütend. »Ein Monat in Eisen wird ihnen den Gedanken austreiben, es noch einmal zu tun! Das Mindeste, was ich ihnen verordnen kann, sind drei Tage, und nach dem alten Rezept von Olivarez ›Das Zehnfache!‹ ist ihnen ein Monat sicher!«

Der Wagen näherte sich im Zickzack. Unruhig behielt Michaud ihn im Gesichtsfeld. Ein Mann am Steuer – als einziger! Die anderen Sitze waren leer.

»In Teufels Namen!« fluchte er. »Was ist passiert?«

Er befürchtete schon das Schlimmste.

»Bengson! Craig! Carrère! Einen Raupenwagen, ich fahre mit, alle bewaffnet!«

Der Wagen hatte sich plötzlich nach rechts gedreht und war in ein Gebüsch geraten.

Kaum war der Motor des Kettenfahrzeugs angelassen, sprangen sie in die Sitze und rollten mit höchster Geschwindigkeit davon.

Der Mann war auf das Steuerrad gesunken oder vielmehr ein Bündel von menschlicher Gestalt. Das Fleisch des Gesichtes lag bloß, besonders um die Augen, als wenn man es mit den Fingernägeln bearbeitet hätte. Lange Kratzer verschwanden unter den zerrissenen Kleidern, und das Blut floß unaufhörlich aus einer Wunde an der Kehle.

»Mein Gott! Hat er mit Katzen gekämpft?«

Michaud hob den Kopf des Verwundeten:

»Die anderen? Wo sind die anderen, Abdul?«

Mühsam öffnete sich ein Auge.

»Tot . . . angegriffen . . . die Affen . . . Allah . . .«

Er stockte, röchelte, ließ den Kopf fallen und starb.

»Craig, bringen Sie ihn weg. Mit dem Wagen ist nichts passiert. Ihr anderen kommt mit mir, wir werden uns umsehen.«

Sie folgten in umgekehrter Richtung der Spur, die der Wagen im Gras hinterlassen hatte. »Da haben wir's«, dachte Michaud verzweifelt. Krieg! Durch welche Abweichung vom Weg sind sie ihnen in die Hände gefallen? Angegriffen, hat er gesagt? Dann hätten die anderen also die Friedlichen gespielt, um sie bequemer umzubringen? Aber warum dann dieses lächerliche und tragische Scharmützel, das höchstens dazu dienen konnte, uns zu warnen? Und Ilia, Ilia?

Er bremste mit einem Ruck und nahm den Telefonhörer ab.

»BX3 an FC4. BX3 an FC4. Dringend, dringend, dringend. Hier Michaud. Ich rufe *La Fulgurante*. Ich rufe *La Fulgurante*. Alarmstufe Rot. Alarmstufe Rot. Abdul, Hermann, Kemp durch die *anderen* massakriert. (Ganz natürlich kam ihm jetzt wieder die alte Benennung in den Sinn, die zugunsten der Bezeichnung ›Elalouhini‹ seitdem aufgegeben worden war.) Ich untersuche den Vorfall hier an Ort und Stelle.«

»Hier Olivarez. Was ist passiert, Michaud? Bewahren Sie ruhig Blut. Wir haben noch keinen Beweis von Feindseligkeit. Das Raumschiff der Elalouhini hat sich nicht gerührt. Es handelt sich bestimmt um einen Irrtum. Nehmen Sie keinen direkten Kontakt auf. Ich schicke die Schaluppe 2 zu Ihrer Verstärkung. Rufen Sie mich sofort an, wenn Sie etwas brauchen.«

Sie flitzten durch die hohen Gräser, die sich unter dem Wagen mit einem leichten Rauschen niederlegten. Sie kamen am Kampfplatz an.

Nichts oder fast nichts war von Hermann übriggeblieben: Ein Körper, der buchstäblich explodiert war, ohne Kopf, die Hand umklammerte noch die Raketenpistole. Noch weniger war von den beiden Elalouhini übrig, die das Projektil offenbar mit voller Wucht getroffen hatte. Ein dritter lag bewegungslos auf dem Rücken, mit offener Kehle, in einer Lache von rotem Blut, menschlichem Blut. Ein vierter Leichnam lag halb vergraben inmitten der Gräser, eine seltsame Waffe in der Hand, ein Teil des Gesichts weggerissen, ein langes Messer in den

Bauch gerammt. Kemp, zu einer Kugel zusammengerollt, rührte sich nicht mehr.

»Drei Menschen, vier Elalouhini! Sieben Leichen! Die einen so tot wie die anderen. Auf, fahren wir zurück!«

»Wollen wir die unseren nicht mitnehmen, Kommandant?« fragte Carrère.

»Nein. Wenn es sich um einen tragischen Irrtum handelt, ist es besser, wir lassen alles für eine gemeinsame Untersuchung so, wie es ist. Wenn das Krieg bedeutet, nun dann . . .«

Er beendete seinen Satz nicht.

»Zum Lager, so schnell es geht!«

»Sie sollen dringend den Kommandanten anrufen«, sagte der Matrose, der am Telefon zurückgeblieben war.

»Hallo, Michaud? Wir haben soeben eine Nachricht von den Elalouhini erhalten. Sie fordern, daß Sie sich sofort mit ihrer vorgeschobenen Basis in Verbindung setzen. Tun Sie das, aber offen, damit ich die Unterhaltung verfolgen kann. Benutzen Sie die Raumsprache!«

»Verstanden.«

Auf dem Schirm erschien das bleiche und traurige Gesicht von Ilia. Hinter ihr stand ihr Bruder Ehiho, die Arme über der Brust verschränkt, mit hartem und verschlossenem Gesicht.

»Jean, wie konnten Ihre Männer die unseren angreifen? Wir kamen in Frieden, das wissen Sie! Und was für eine Roheit! Unsere Männer zerfetzt!«

»Sie haben die unseren nicht gesehen! Haben Sie Überlebende gehabt? Ich würde gern ihren Bericht hören! Bei uns gibt es keine!«

»Dann wird man nie erfahren, was geschehen ist. Aber ich versichere Ihnen, daß unsere Befehle zwingend waren. Im Falle einer zufälligen Begegnung sollte eine distanzierte, aber freundschaftliche Haltung bewahrt werden.«

»Auch unsere Befehle waren bindend. Und nun?«

»Dann ist irgend etwas geschehen, das wir nicht verstehen.«

»Ich auch nicht! Was schlagen Sie vor?«

Ehiho trat vor.

»Da wir nicht wissen, was geschehen ist, würde ich es für unvorsichtig halten, bei unseren alten Abmachungen zu bleiben. In Ihrem Lager sollte morgen kein Treffen stattfinden. Sind Sie aber bereit, mich unter vier Augen auf halbem Weg zu treffen? Es bleiben noch zwei Ihrer Stunden bei vollem Tageslicht.«

Michaud warf einen Blick auf den Schirm, der die Sendungen von der *Fulgurante* erhielt. Olivarez nickte mit dem Kopf.

»Sei es. Aber Sie werden verstehen, daß ich Vorsichtsmaßnahmen treffen möchte. Ich werde keine Waffe mitnehmen, weder sichtbar noch versteckt. Ich schlage vor, daß Sie es ebenso machen, und daß wir unsere Kleidung auf ein Minimum beschränken. Wir werden unsere Fahrzeuge hundert Meter vor dem Treffpunkt zurücklassen. Die Zone der nackten Erde, die sich etwa auf halbem Weg am See befindet, wäre geeignet, glaube ich.«

»Ich bin einverstanden. Ich mache mich jetzt fertig.«

Er verschwand vom Bildschirm.

»Jean, ich versichere Ihnen, daß es sich um ein schreckliches Mißverständnis handeln muß. Wir wünschen keinen Krieg!«

»Wir ebensowenig, Ilia«, sagte er sanfter. »Ich verspreche Ihnen, daß wir unser möglichstes tun werden, dieses Mißverständnis aus der Welt zu schaffen. Auf Wiedersehen . . .«

Er hielt ein, bevor er gesagt hätte: »Liebste.«

III

Michaud hielt seinen Wagen an und sprang heraus. Vor ihm lag die unfruchtbare Zone, und in ungefähr vierhundert Metern Entfernung hielt der massive Wagen, der Ehiho brachte.

Langsam ging er auf den Treffpunkt zu. Der Abendwind badete die nackte Haut seines Oberkörpers und seiner Beine in Frische. Vor ihm war der Elalouhini immer noch nur eine Silhouette, deren geschmeidige Grazie er bewunderte. Auch der andere war nur knapp bekleidet, und beim Näherkommen konnte Michaud sehen, daß sein Gegenüber, wenn es auch weniger groß und nicht so breitschultrig wie er selbst war, doch eine Muskulatur besaß, um die ihn viele Athleten beneidet hätten. Sie waren noch dreißig Meter voneinander entfernt, als sie gleichzeitig zögerten und anhielten. Überrascht fühlte Michaud, wie sich seine Haare sträubten.

»Sieh' mal einer an, das ist doch absurd! Das ist doch Ehiho, mit dem ich schon hundert Mal über Fernsehen gesprochen habe und der mir in vieler Beziehung näher steht als viele meiner Kameraden. Es ist doch der Bruder von Ilia . . .«

Aber er ging mit einem seltsamen Widerwillen weiter, und er empfand mit Entsetzen, daß seine Gangart sich gewandelt hatte, daß sie eher die eines Tiers war, das geduckt anschleicht, oder die eines Jägers der Steinzeit. Unwillkürlich spannten sich seine Muskeln an, seine Augen bewegten sich wie die eines reißenden Tiers. Jetzt standen sie sich Auge in Auge gegenüber.

Er gewahrte noch ein krampfhaftes Lächeln auf den Lippen von Ehiho, dann übermannte ihn der Haß genau in dem Augenblick, als sich auch das Gesicht des anderen zu einer schrecklichen Grimasse der Wut und der Kampfesbereitschaft verzerrte. Er sprang mit einem Satz auf den anderen los, mit gespreizten Händen, um ihn zu erwürgen.

Der Elalouhini erwartete ihn fest auf beiden Beinen stehend und landete einen schweren Faustschlag auf seiner Brust, wobei sich Michaud ein Stöhnen der Überraschung und des Schmerzes entrang. Schon aber schoß seine eigene Faust nach vorn. Mit wilder Freude vernahm Michaud den dumpfen Ton des Aufschlags auf dem Körper seines Feindes. Alles an dem anderen erfüllte ihn jetzt mit Haß, seine Farbe, seine Stimme, sein Atem, der ihn zwischen zwei Schlägen streifte, sein Geruch nach warmem und lebendigem Fleisch. Ein einziger Gedanke, ein einziger Drang beherrschten ihn: Töten, zerfleischen, zerreißen, töten, töten, *töten!*

Und während er sich so schlug, alle Instinkte auf die Vernichtung des Gegners konzentriert, glomm noch ein Bewußtseinsschimmer in ihm, wie ein ohnmächtiger Zuschauer, der ihm sagte, daß er versuchte, Ehiho umzubringen, seinen Freund Ehiho, den Bruder von Ilia, den zu treffen er gekommen war, um das tragische Mißverständnis zu klären.

Er blutete jetzt aus Mund und Nase, die Lippen waren aufgesprungen. Der Elalouhini war zwar weniger stark, aber wahrscheinlich besser für den Kampf trainiert. Ein furchtbarer Schlag ins Gesicht brachte ihn jedoch ins Wanken. Michaud nahm seine Chance wahr und stürzte sich auf ihn. Seine rechte Hand umklammerte die Kehle des anderen, während seine Linke seinen eigenen Hals schützte. Aber Ehiho war es gelungen, sein Handgelenk zu packen, und so schwächte er die Kraft seiner Umklammerung. Schnell lockerte Michaud seinen Griff, nutzte die Überraschung seines Gegners aus und brach ihm mit einem Stoß des Knies den Arm; dann würgte er ihn wieder. Eine Reihe heftiger Schläge, die seinen Kopf von hinten trafen, hielt ihn von seinem unheilvollen Bemühen nicht ab.

»Krepiere, du Affe«, knirschte er zwischen den Zähnen hervor.

Die Kräfte des Elalouhini ließen nach.

Eine Stimme an Michauds Ohr schrie Worte, die er nicht verstand.

»Tod den Affen«, brüllte Michaud triumphierend.

Tod den Affen? Plötzlich kehrte sein Bewußtsein wieder. Was hatte Abdul gesagt, bevor er starb? »Affen . . .« Die Stimme war jetzt deutlich.

»Jean! Jean! Zwingen Sie mich nicht, zu schießen!«

Er hob den Kopf und wandte seine Augen von dem halbererstickten Gegner ab. Ilia stand vor ihm, das Gesicht tränenüberströmt, eine seltsame Pistole auf ihn gerichtet. Schwankend richtete er sich auf. Ilia? Was wollte sie? Konnte sie es nicht zulassen, wenn ein Mensch einen Affen überwand?

Ehiho stand langsam auf, griff an. Mit einem wohlgezielten

Faustschlag streckte Michaud ihn zu Boden, wo er sich nicht mehr rührte.

»Verschwinden Sie, Jean, verschwinden Sie! Ich verstehe alles! Gehen Sie weg, ehe mich die Lust überkommt, Sie zu töten! Gehen Sie weg, bei allem, was Ihnen heilig ist! Ach! Und wir hatten uns soviel von dieser Begegnung versprochen!«

Er sah sie verwirrt an. Das war Ilia, Ilia, die er so oft auf dem Bildschirm gesehen hatte, die er eines Tages in seine Arme zu schließen gehofft hatte, und dennoch rechnete er sich im stillen die Möglichkeit aus, sie durch eine Hinterlist zu entwaffnen und aus ihr eine leichte Beute zu machen, sie zu töten . . .

»Schnell, Jean, ich flehe Sie an!«

Mit einer furchtbaren Willensanstrengung wandte er sich ab und ging zu seinem Wagen.

»Adieu, Ilia«, stieß er noch heraus.

Wieder in seinem Wagen, warf er einen letzten Blick zurück: Ilia schleppte ihren torkelnden Bruder zu ihrem eigenen Wagen, der losfuhr und in der Abenddämmerung verschwand.

Als Michaud zum Lager zurückkam, stießen seine Leute einen Schrei aus, als sie ihn sahen.

»Alles andere später! Brecht das Lager ab, wir kehren zur *Fulgurante* zurück. Nein, es wird kein Zusammentreffen geben, niemals, niemals! Laßt die Baracken stehen, keine Zeit, tragt nur das kostbare Material zusammen. Nein, kümmert euch später um mich, ich muß erst meinen Bericht erstatten.«

». . . und so hat es sich zugetragen, Kommandant«, schloß er seinen Bericht. »Ich bin zu diesem Rendezvous mit der Absicht gegangen, das Geheimnis aufzuklären, in aller Freundschaft mit Ehiho, aber kaum hatte ich ihn gesehen, war ich schon von der Idee besessen, ihn umzubringen! Wenn Ilia nicht dazwischengekommen wäre, dann wäre einer von uns auf der Strecke geblieben, vielleicht alle beide.«

»Kommen Sie sofort zurück! Die Kugel der Elalouhini ist zum Raumschiff zurückgekehrt, und wenn es zum Kampf kommen sollte, brauche ich alle meine Männer. Das Material, das wir nicht brauchen, lassen Sie dort.«

»Jawohl, Kommandant.«

»Aber lassen Sie sich verarzten. Sie bieten nicht gerade einen erhebenden Anblick. Ende.«

Als Michaud den Raum des Kommandanten betrat, waren der Stab und die Wissenschaftler dort versammelt.

»Wir haben alle mit Interesse Ihren Bericht gehört, Leutnant. Ich habe keinen Grund, Ihre Angaben in Zweifel zu ziehen. Wenn irgend jemand an Bord auf die Elalouhini gut vorbereitet war, dann waren Sie es. Das macht freilich Ihr Verhalten nur noch seltsamer, und auch das von Ehiho . . .«

»Was mich betrifft, Kommandant, ich verstehe es«, unterbrach ihn eine ernste Stimme.

Alle drehten sich zu Fédorov, dem Biologen, um.

»Was verstehen Sie? Diesen plötzlichen und unmotivierten Haß? Diese mörderische Wut auf Wesen, die uns in einer geradezu verblüffenden Weise ähneln? Eine Wut, wie sie noch nicht einmal jemand gegenüber den Kzlils empfunden hat . . .?«

»Das ist es ja gerade, Kommandant! *Sie sind uns ähnlich, aber sie sind nicht wie wir!* Ich bin in der sibirischen Taiga großgeworden, wo mein Vater und meine Mutter als Ethnologen arbeiteten. Ich hatte einen gezähmten Wolf . . . Timour . . . Wir lebten in einer entlegenen Hütte, in den Wäldern . . .«

Er ließ einen Augenblick des Schweigens verstreichen. Niemand versuchte, ihn zu drängen. Fédorov sprach langsam weiter.

»Abdul hat es vor seinem Tode begriffen, Michaud! Sie erinnern sich an seine letzten Worte? Affen und Allah. Sagt Ihnen das nichts? – Und Ihr eigener Schrei: Tod den Affen? – Nichts? – Nun gut. Ich hatte also dort einen gezähmten Wolf namens Timour, vor langer Zeit im Norden von Irkutsk. Ich hatte ihn aufgelesen, als er noch ganz jung und verwundet war, und er hatte sich mir angeschlossen, er jagte mit mir, wie ein Hund. Er tat den Hunden nichts, nichts den *gewöhnlichen* Hunden. Bis eines Tages ein Inspektor von Wladiwostok kam, mit einem prächtigen Wolfshund. Timour hat ihm die Kehle durchgebissen! Als er diesen anderen sah, der ihm ähnlich war, aber doch nicht von seiner Rasse, da war die Stimme des Wolfs erwacht, der Schrei der Wildnis, der Ruf zum Mord, zur Vernichtung dessen, was fremd ist und dennoch ihm ähnelte! Die Vernichtung des Affen, Leutnant, des Affen, der die Kreatur des Teufels ist, geschaffen zur Verhöhnung des Schöpfers und des Geschöpfes Gottes, des Menschen! Gottes oder Allahs, wenn Sie Moslem sind! Und dagegen gibt es keinen Vernunftgrund! Die Stimme des Wolfs war in Ihnen erwacht! Solange Sie die Elalouhini nur auf dem Bildschirm gesehen haben, solange es keinen wirklichen Kontakt gab, solange passierte nichts. Aber bei dem Zusammentreffen, vielleicht der fremde Geruch . . .«

Michaud hörte schon nicht mehr hin. Die Augen auf den Bildschirm des Fernrohrs gerichtet, sah er, wie sich das Raumschiff der Elalouhini entfernte und einen unerfüllbaren Traum mit sich davontrug.

Charles Henneberg

Mondfischer

Hugues Page, Versuchspilot des Teams *Chronos* des Jahres 2500, sah interessiert den Apparat an, der sich inmitten des Labors zum Studium der Zeitunabhängigkeit erhob. Die weiße Kabine voll leuchtender Skalen ähnelte der Kanzel eines Raumschiffs.

»Es *ist* eine Raumschiffkanzel«, bestätigte Professor Rezky. »Wir haben diese Form bewußt aus psychologischen Gründen gewählt. Der Mensch, der hier eintritt, wird von kosmischen Strahlungen genauso getroffen wie ein Astronaut, der in die Raumzeit vordringt. Die Vierte Dimension zieht sich um ihn zusammen, und das Universum wird unbeweglich. Der Reisende kann aussteigen, wo er will, in der Vergangenheit, in der Gegenwart oder in der Zukunft. Nur sein Körper bleibt in dieser Kabine.«

»Dann wäre die Reise also nur ein Traum?«

»Nein. Von der anderen Seite her ist die Welt wirklich, alles ist wirklich. Verstehen Sie mich recht, ich will Ihnen nichts vormachen: Die Gefahren, denen Sie entgegengehen, sind echt. Es gibt nur einen besonderen Umstand: Wenn Sie sterben, wird Ihr Leichnam hier sein.«

»Das ist wenigstens *ein* Trost«, entgegnete Page.

Mit der Statur eines Erzengels, seinen fliegenden schwarzen Locken und seinen länglichen violetten Augen ähnelte er einem Prinzen auf persischen Miniaturen. Rezky dachte daran, daß er ihn im Grunde genommen wegen dieses außergewöhnlichen Aussehens aus der Menge der standardisierten Helden ausgewählt hatte. Besänftigend sagte er:

»Das Prinzip der Reise vermindert die Risiken.«

»Handelt es sich um ein neues Gesetz?«

»So ist es. Seit man vor ungefähr 300 Jahren die ersten Reisen in den Hyperraum unternahm, stand die Menschheit vor einem ungelösten Problem: Wir wußten zwar, daß die Zeit eine Dimension ist, daß sie sich nach ihren Gesetzen entfaltet und wieder zusammenzieht, unsere Piloten kommen von entfernten Galaxien jung zurück, wenn der Name ihrer Eltern auf den Grabsteinen längst verwittert ist . . . Dennoch war uns der Weg der Zeitreise verschlossen, eine unsichtbare Barriere hielt uns zurück, schlimmer als die Ungeheuer des Odysseus oder die Schranke des Lichtes oder die Schallmauer, die von den Piloten des 20. Jahrhunderts überwunden wurde . . .

Das verlangte nach einer Erklärung. Man stellte überspannte Hypothesen auf oder argumentierte mit der unabänderlichen Vergangenheit. Man amüsierte sich mit Aufgaben zum Kopfzerbrechen wie: »›Wenn Sie im Verlaufe eines Ausflugs in die Vergangenheit das Pech hätten, Ihren Großvater zu töten, bevor er zur Zeugung kam, würden Sie dann existieren? Und wenn Sie nicht existierten, wie hätten Sie ihn dann töten können?‹« Das ist es, was man das Zeitparadoxon nennt.

Page lachte auf:

»Als wenn man sich seiner Vorfahren sicher sein könnte!«

»Das Prinzip der Unbestimmtheit, gewiß. (Der Gelehrte putzte seine beschlagene Brille.) Aber das ist alles nur eine Ausrede. Die Antwort war furchtbar einfach: Es scheint, daß sich die Welt seit Wells wie hypnotisiert auf falsche Voraussetzungen festgelegt hatte: Man sah das Problem auf der materiellen Seite: Eine Maschine – verchromt und vernickelt – bewegt sich auf dem Fluß der Zeit; man landet im Herzen einer Epoche und bringt seinen Koffer und seine Brieftasche mit, was zu Komplikationen führt. Das war natürlich unsinnig. Man mußte noch einmal von vorn anfangen.«

»Und zu welchem Ergebnis kam man?«

»Zur Elementaridee, zum Ei des Kolumbus gewissermaßen: Die Zeit selbst, die auf die Materie wirkt, ist von ihr unabhängig. Sie richtet sich nach der außersinnlichen Wahrnehmung.«

»Das heißt also«, faßte Page zusammen, »man würde eine rein geistige Reise unternehmen? Niemand würde von unserer

Anwesenheit Notiz nehmen, und jedes tatsächliche Eingreifen wäre uns unmöglich?«

»Nein«, sagte der Professor. (Er zögerte, er schien sehr abgespannt zu sein.) »Wir kommen immer wieder auf die Heisenbergsche Unschärferelation und auf die Einsteinsche Relativität zurück. In einem gewissen Maß kann alles geschehen: Die Gegenwart baut sich auf der Grundlage einer nicht exakten Vergangenheit auf, angesichts einer vielfältigen und elastischen Zukunft. Nehmen wir einmal die Geschichte der Völker. War Nero nun ein unverstandener Poet, ein Narr oder ein Ungeheuer? Hat die erste Atombombe, die abgeworfen wurde, die Menschheit gerettet oder sie zugrunde gerichtet? Jede Situation kann auch anders sein, ohne sich im Ganzen zu ändern. Selbst der Augenblick, den wir erleben, ist nur eine ›privilegierte Konfiguration‹« . . .

»Derart, daß ich vielleicht (verzeihen Sie einen wenig wissenschaftlichen Ausdruck) in Kollision mit der Vergangenheit oder der Zukunft kommen könnte?«

»Alles das«, antwortete Rezky seufzend, »ist noch Theorie. Sie sind es, der nun die erste Reise in die Zeit unternimmt. Ich möchte Ihnen aber keine Illusion vorgaukeln: Die dichten Trennwände existieren nicht mehr. Sie wissen ja, es gibt die Levitationsphänomene. Und Personen, die mit ausgesprochenen PSI-Fähigkeiten begabt sind. Propheten und Hellseher.«

»Es gab sogar«, bestätigte mit kühler Miene ein archäologischer Assistent, »einen gewissen Kontinent von ganz besonderem Ruf: Atlantis. Plato hat davon im Kritias und im Timaios gesprochen. Mit vielen Einzelheiten wird auch von einem gewissen Theopompos, der etwa 377 vor Christus geboren wurde, darüber berichtet.«

»Eine Fabel«, brummte der Gelehrte.

»Oder eine privilegierte Konfiguration? Sie haben selbst gesagt: ›Alles kann geschehen.‹«

»Nun«, lenkte Page ein, »wozu könnten uns die Atlantiden im vorliegenden Fall nützlich sein?«

»Nützlich? Ich weiß nicht. Ich denke eher, daß sie eine der berühmten Gefahren sein könnten, die Professor Rezky etwas unterschätzt.«

Der Physiker wurde blaß:

»Erklären Sie mir das«, sagte er. »Ich bin kein Freund von Halbwahrheiten. Wieso sollten diese Menschen, die vor mehr als fünftausend Jahren vor Christus gelebt haben und von denen man nur eines sicher weiß, daß sie mit ihrem Kontinent untergegangen sind, in eine Zeitreise unseres Jahres 2500 eingreifen können?«

»Ach, das ist ja nur eine Hypothese, Professor. Weil man von Propheten und anderen Hellsehern sprach. Übrigens sollen sie eine blaue Hautfarbe gehabt haben.«

»Das ist allerdings ein mildernder Umstand«, meinte Page sehr ernsthaft. »Aber was ist noch dazu zu sagen?«

Der Archäologe schien verstimmt darüber zu sein, daß hier ein Laie diskutierte:

»Es scheint«, sagte er hastig, »daß sie außerdem einzigartige psychische Fähigkeiten besaßen. *Sie träumten von der Vergangenheit und erinnerten sich an die Zukunft.* Das heißt, daß diese ›Mondfischer‹ schon vor uns auf dem Fluß der Zeit fuhren, in ihren Netzen Visionen mit sich zogen und kommende Ereignisse vorbereiteten und . . .«

»Eine Behauptung, die sich nicht beweisen läßt«, schnitt Rezky ihm das Wort ab. »Muß ich Sie daran erinnern, daß sich dieses Institut nur für die exakten Naturwissenschaften interessiert?«

Sie wurde Neter genannt.

Geboren wurde sie im sechzehnten Jahrhundert vor Christus. Die Hieroglyphe ihres Namens bedeutet gleichermaßen: Leben und Lotus, Wasser, den Urozean, das Mysterium, den Anfang der Welt und ihr weibliches Prinzip. Und viele Zusammenhänge: Mondlicht auf den Wellen, wie ausgebreitete Netze, und Mondlicht in der Wüste, wo es das Auge täuscht.

Alles das, was fasziniert, bewegt, umwandelt. Der Schleier der Isis über der Zukunft und auch über der Vergangenheit.

Isides, ihr Vater, gehörte einer kleinen Gruppe blauer Menschen an – die Überlebenden eines verschwundenen Kontinents, den einige Mâ nannten, Gondwanaland oder Lemurien, aber am häufigsten Atlantis. Diese Leute waren weise und gütig. Ihre Lebensdauer überraschte die Ägypter, die selber nur ein kurzes Leben hatten. Manche von ihnen setzten ihre Wanderung fort und trugen ihr Licht über das Rote Meer hinaus. Nach der Überlieferung erreichte Isides ein Alter von fast zweihundert Jahren und hatte im Laufe seines Lebens mehrere Frauen, Göttinen und Sterbliche, denn zu jener Zeit stiegen die Götter noch leicht zur Erde herab.

Und eine einzige Tochter: Neter.

Ihre Mutter war wohl irdischer Abstammung. Die Vermischungen mit den interplanetarischen Wesen waren ein Wagnis: So wurde Thot mit einem Ibiskopf geboren, Anubis mit einem Hundekopf und Sachmet mit dem Haupt einer Löwin.

Mit fünfzehn Jahren war Neter schön und geschmeidig wie eine tanzende Schlange. Ihre Haut war weiß mit einem bläulichen Schimmer – wie bei allen Atlantiden. Man kann ihr Bild auf einem Sarkophag im Tal der Könige sehen, wo sie unter ihrer Saphirtiara lächelt. Ketten aus goldenen Rosenblättern schlingen sich um ihren langen schlanken Hals. Der Mund ist kindlich, sensibel und zugleich leidenschaftlich, und die irisierenden Augen verbergen sich unter einzigartigen langen und dichten Wimpern.

Zu dieser Zeit schüttelte Ägypten eine hundertjährige Knechtschaft ab: Hyksos, ein Fremder, war verjagt worden, die 18. Dynastie stieg auf den Thron, und das Goldene Zeitalter stand bevor.

Allerdings war das Land nicht gänzlich befreit: Ein dunkles Grauen lag noch über der Wüste. Die Interplanetarischen landeten auf ihrem Sand. Es gab mehrere Arten. Sehr viel später berichtet der Pharao Psammetik III.: »*Sie fielen vom Him-*

mel wie die Früchte eines Feigenbaums, den man schüttelt, es gab solche von der Farbe des Kupfers und von der Farbe des Schwefels, und manche hatten drei Augen . . .« Es waren die Fallschirmspringer eines ziemlich nahen Planeten. Aber zum Beginn der 18. Dynastie landeten andere auf Rädern mit Pfauenfederaugen, von denen der Prophet Ezechiel spricht: »Sie hatten den Körper eines Löwen, Flügel und ein menschliches Antlitz.« Ihr Führer nannte sich Ptah. Seine Statue – die der Sphinx – überragte die Wüste.

Dunkle Geschichten machten die Runde: Diese Wesen trachteten nach der Herrschaft. Versteckt in den Grüften des Tals der Könige nährten sie sich heimtückisch von menschlichem Geist, sie tranken die Seele und nicht das Blut. Die Fellachen mit erloschenem Auge waren Zeuge für diese Gerüchte. Andere wieder klagten Larven und Lemuren an. Zitternd wartete das Land den Tag ab, an dem diese Macht wüten würde; man rechnete sich schon aus, wann und wie die Apokalypse kommen würde.

Die Menschheit war – schon – an diese immer wieder auftretenden Schrecken und die endlosen Kämpfe gewöhnt.

Eines Nachts las der Atlantide Isides in seinem weißen, von Zypressen umsäumten Haus am Nil eine Weissagung der Sterne. Er erhob sich, ordnete seine Papyrusrollen und ging zum Fenster. Nein, er hatte sich nicht getäuscht: Der Schall des Getrappels von Tausenden von Hufen drang zu ihm von der Wüste her. Auf der Mauer seines Hauses zeichneten sich die Schatten spiraliger Geweihe und spitzer Hörner ab, als wenn eine Herde Antilopen und anderer Tiere vorüberzöge – alles das, was sanft war, friedlich, alles das, was den Tod in der Finsternis fürchtet. Isides ging hin, um seine Tochter in aller Hast zu wecken und wurde erst wieder ruhig, bis er ihr in die klaren Augen sah. Sie bestiegen aber trotzdem eine Sänfte, die von vier riesigen Nubiern getragen wurde. Sie reihten sich in den Zug der Tiere ein. Die Bewohner einiger Dörfer am Nil folgten ihnen nach.

Neter hatte ihren Vater nach nichts gefragt, sie verstanden sich schweigend. Manchmal streckte sie ihre Hand heraus und streichelte das weiche Fell eines Tiers. Vom Himmel warf der Mond seine silbernen Strahlen auf die Wüste, als wolle er ganz Mitzraim als seine Beute mit sich führen. Als sehr viel später die Alabasterstürme und die hängenden Gärten von Theben sich am bleichen Horizont abzeichneten, sagte Isides:

»Dein Onkel Nephtali, Sohn Jakobs, erwartet uns.«

An diesem Tag verzehrte ein von der Wüste gekommenes Feuer die Oase, die das Haus des Atlantiden umgab, und man hörte am hellichten Tag das rauhe Gebrüll der Löwen.

Weil ihre Voraussicht der Zukunft unsicher und begrenzt war, wußte Neter am nächsten Tag noch nichts von der Folge der Ereignisse.

Der Sonnenaufgang überraschte sie auf einer Mauer sitzend, an der Seite von Deborah, der vierten Frau des Onkels Nephtali.

›Onkel‹ war nur eine Freundschaftsbezeichnung, denn Isides, dem göttlichen Kontinent entsprossen, war nicht durch Blutsverwandtschaft mit der arbeitsamen, kinderreichen Familie des Hirten Jakob verbunden, der nach Ägypten gekommen war, nachdem sein Sohn Joseph dort freigelassen und Beamter geworden war. Als Hofpoet schätzte der Semite den klaren und stolzen atlantischen Geist. Er selbst war sehr klug, obwohl oft in Intrigen verstrickt. Seine letzte Frau, Deborah, war ebenso alt wie Neter; auch die beiden waren durch Freundschaft verbunden.

Schwere Ereignisse erschütterten Theben: Der Pharao Amosis war gestorben, und sein Sohn kämpfte in der Ferne. Ein gewisser Apopi, ein Intrigant im Solde von Hyksos, hetzte zum Aufstand: Was sollte Ägypten mit einem jungen kriegerischen Prinzen anfangen, der nur darauf aus war, Eroberungen zu machen und die Speicher zu leeren? Die Hefe des Volkes trank auf seine Kosten Palmwein und lärmte. Gegen Mittag aber kam ein keuchender Bote: Er meldete, daß eine Staubwolke das baldige

Erscheinen einer unabsehbaren Armee ankündigte, und alle Herzen schlugen höher: Der Pharao. Er kam, er hatte den Nil überschritten.

Sein Name war Amenothes. Mit zwanzig Jahren war er von hinreißender Schönheit. Alle Mädchen waren in ihn verliebt. Er war fern vom Hofe erzogen, und man hielt ihn für verschlossen. Das Gerücht lief um, daß er durch das Südtor kommen würde – und jedermann begab sich zu den Festungswällen. Die Menge blockierte die Straßen, und auch Personen von hohem Rang, die sich noch bei den Juwelieren oder den Griechen aufgehalten hatten, wo sie um Ambra und Purpur feilschten, ließen sich in die erste Reihe der Zuschauer tragen.

Neter und Deborah lehnten sich über eine Mauer, und die kleine Jüdin sagte, wobei sie ihre braunen Locken schüttelte:

»Glaubst du, daß er wirklich herrschen wird, er – Amenothes?«

»An wen denkst du denn sonst?«

Die Atlantide schien blaß und zerstreut zu sein; sie spielte mit ihren Ringen.

»Ich weiß nicht«, sagte Deborah. »Nein, wahrhaftig. Man erzählt sich soviel! Man sagt, daß wir einen großen König haben werden. Man sagt, daß sich unter seiner Herrschaft die Völker von Ägypten erheben werden wie eine Woge, die auf Elam und Kanaan herabstürzt und vielleicht auch auf Mesopotamien und Indien. Die Erde wird vor ihm erbeben, und er wird im größten Tumult kaltes Blut bewahren.«

»Ich denke«, sagte Neter trocken, »daß er erst einmal daran denken wird, sein eigenes Land von Ptah und seinen Schatten zu befreien.«

»Das . . .«

Deborah hielt ein und biß in ihre Fingernägel, als wenn sie schon zuviel gesagt hätte. Die Atlantide sah sie neugierig an:

»Du scheinst ja merkwürdige Dinge zu wissen. Seit unserem letzten Zusammentreffen hast du dich sehr verändert, Deborah!«

Sie senkte die Stimme. Um die beiden Frauen herum wogte die Menge von Theben in einem Farbenmeer. Überall hörte man Lachen und Schreien, die Kinder liefen nackt umher, und vom Zug der Priester stieg eine dumpfe Litanei zum Himmel empor. Aber Neter fühlte – am hellen Tag, in der Stadt – die Finsternis und die eisige Kälte einer ewigen Nacht. Deborah lachte ein wenig, sie beugte sich nieder und fuhr mit flinker Katzenzunge über den weißen Nacken ihrer Freundin.

»Das tut gut«, meinte sie. »Warum machst du dir nichts aus der Liebe, Neter? Ja, man sagt, daß du eines Tages Königin sein wirst . . . vergiß dann deine kleine Dienerin nicht! Ich werde dir alles sagen, wenn du versprichst, mich nicht zu verraten. Es ist dieses: Ich bekomme jede Nacht den Besuch eines geflügelten Cherubs . . . nein, nicht eines Cherubs: Sie haben den Körper eines Stiers. Mein Freund ist aber wie eine Katze, stark und sanft. Er macht mit mir, was er will, und er führt mich in das Wesen der Dinge . . . oh, ich kann es dir nicht beschreiben, es ist schrecklich und wunderbar zugleich.«

»Und Nephtali, Deborah?«

»Der ist doch hundert Jahre alt! Meine Freundschaft mit dem Besucher kann ihm nichts schaden. Warum willst du es nicht auch versuchen, Neter? Das hat nichts zu tun mit den menschlichen Dummheiten: Man wird so mächtig, so wissend . . . Man wird eins mit Ptah! Es ist hinreißend. Zur gleichen Zeit weiß man, daß man verloren hat, aber man weiß alles . . .«

»Du übertreibst«, antwortete Neter.

Sie hätte diesem freundschaftlichen Arm entfliehen mögen, der sie umschlang, diesem ebenso reizenden wie befleckten Wesen, aber jetzt wußte sie: Das Schicksal begann seine Fäden zu spinnen, und Deborah war eine Arabeske in dem vorbestimmten Muster.

Neter, vor Schrecken starr, wählte ihre Worte vorsichtig:

»Beweise mir, daß du ein Geheimnis kennst, ein einziges, und ich werde dir glauben.«

»Nun gut«, antwortete Deborah, »da ist noch etwas. Von dieser Nacht an wird der Pharao nicht mehr Amenothes sein, der Sohn von Ahmes.«

»Willst du damit sagen, daß sie ihn töten werden?«

»Das haben sie gar nicht nötig. Die Ptah sind sehr weise, sie werden eine andere Seele in seinen Körper senken, und er wird ihnen dienen, er wird ihr Sklave sein.«

»Eine andere Seele? Du bist verrückt. Er hat doch seine Seele.«

»Hat man dir das gesagt? Nun ja, mag sein, vielleicht hat er eine. Aber die Ptah brauchen nur sein Gesicht und seinen Körper. Ich habe erfahren, daß solche Operationen bei ihnen nichts Seltenes sind. Es gibt da einen Satz, den ich behalten habe, vielleicht verstehst du ihn: *Seitdem wir festgestellt haben, daß wir gegen jede Mutation gefeit sind, lassen wir uns anderswo nieder . . . Die Menschen fürchten die Könige mit Flügeln und Klauen!*«

»Das ist unmöglich«, sagte Neter fest. »Der Pharao wird diese Tiere gar nicht erst an sich herankommen lassen, er ist gut bewacht.«

»Ja, das mag schon stimmen, nur mit Ausnahme dieser Nacht. Du weißt doch, daß es einen sehr alten Brauch gibt: Den der Waffenwache. Ein junger Souverän von Ägypten verbringt die Nacht vor seiner Krönung im Tempel des Ammon, in seiner Oase. Er muß allein sein. Zu Beginn reicht ihm ein Priester einen mit Myrrhe gemischten Wein. Ptah kennt den Priester. In diesem Wein wird ein Kräutergemisch sein und ein Zaubermittel, das Amenothes einschläfern wird, und der Sehr Geheimnisvolle wird von dieser leeren Hülle Besitz ergreifen, von diesem freigewordenen Körper.«

Neter beherrschte sich noch, aber sie hatte die Fingernägel in die Handfläche gegraben, und sie verspürte erleichtert die menschliche Wärme ihres eigenen Bluts. Sie fragte mit leiser und sanfter Stimme:

»Denkst du nicht auch, daß dies ein gemeiner Verrat ist? Ich denke hierbei nicht einmal zunächst an Amenothes. Aber Ägypten verdient einen anderen Herrscher.«

»Oh! Der wird sehr groß sein, der jetzt kommt. (Deborah senkte ihre gefärbten Wimpern, mit schuldiger und zugleich lustvoller Miene.) Nun . . . was wissen wir denn von den Göttern? Vielleicht ist es schon geschehen? Viele Prinzen wie leere, tönende Schellen sind schon Pharaonen voller Weisheit geworden. Und wenn die Prüfung in der Oase gerade darin bestände . . . in diesem Austausch? Mein Geliebter wird über Ägypten herrschen! Aber sage es nicht Nephtali! Und in dieser Nacht, in dieser Nacht . . .«

Neter war von der Mauer herabgeglitten, aber sie konnte nicht weitergehen. Dies war, empfand sie, wie in den Alpträumen, in denen man fliehen möchte, schreien und doch am Platz verwurzelt ist und jedes Wort in der Kehle steckenbleibt. Eine scharlachrote Staubwolke verdeckte den Horizont, und Fanfaren erschallten. Auf den Festungswällen stehend, schlugen die Thebaner ihre Zimbeln und ließen Lotos- und Rosenblätter hinabregnen. Die Priester schwenkten ihre Weihrauchfässer.

Deborah schrie etwas und streckte ihre dünnen Arme der Freundin entgegen. Wie es ihr in Augenblicken großer Aufregung öfters erging, mußte sich die Atlantidin am Gesims und am Gewand einer Fellachin, an der Gegenwart festhalten, um nicht in einen der gleichermaßen klaffenden Abgründe zu fallen: In die Zukunft oder in die Vergangenheit. Sie eilte vorwärts. Sie mußte zuvorkommen, helfen . . . Vor allen Dingen mußte sie ihre Gedanken zum Schweigen bringen, zu viele telepathische Wesen verbargen sich in der Menge.

Sie hielt keuchend an: Die Straße vor ihr war versperrt. Da sie sehr klein war, verdeckten ihr die blauen Tuniken und die flatternden Mäntel der Priester die Sicht – sie war schon nahe am Weinen. Plötzlich wich der Nebel der Schlaftrunkenheit von ihr, der Zustand der Unentschlossenheit, der Leere, in dem sie sich schon den ganzen Tag über befunden hatte, und mit

Schrecken wurde sie sich bewußt, daß sie Amenothes sehen müsse, jetzt sogleich: *Sonst würde sie niemals Ruhe finden.* Mit ihren kleinen Fäusten hämmerte sie kühn auf den Rücken eines großen Lydiers, der sich mit einem breiten Lächeln umwandte:

»So klein«, sagte er, »und so böse! Was willst du, Tochter der Isis?«

Außer Atem stammelte sie:

»Ich muß den Pharao sehen!«

»Oha, ihr seid ja alle verrückt nach ihm. Komm hier herauf.«

Es war einer der Musiker, er hob sie auf seine Harfe, die an einem Kasten aus Sandelholz lehnte. Sie thronte oben wie eine geschnitzte Siegesgöttin. Es war höchste Zeit. Donnernd öffneten sich die Bronzetore, und eingehüllt in aromatische Düfte, lärmend, blendend wie ein Schmuckstück der Barbaren, schwerfällig – wie eine Pythonschlange mit tausend Ringen – marschierte die Armee Mitzraims in Theben ein.

Schlanke Läufer, angetan mit Lendenschurz, gingen den schweren Söldnern Ioniens voran, deren Panzer schon die Schutzanzüge der heutigen Weltraumfahrer andeuteten. Die Numidier galoppierten auf ihren edlen goldgelben Rossen, und die Schwarzen aus Lydien führten die Meute der Wüstenleoparden.

Auf einem von vier weißen Hengsten gezogenen Wagen stand unbeweglich eine goldene Gestalt. Eine von Smaragden gebildete Schlange – der königliche Uräus – umwand seine Stirn. Sein Gesicht, undurchdringlich und vornehm, war unbedeckt. Die Ähnlichkeit, die nur die Atlantiden wahrnahmen, war frappierend. Als der Pharao an der Mauer der Musikanten vorbeikam, hob er die Augen. Durch den dichten Wimpernvorhang begegnete Neter zwei nachtdunklen Seen, finster und glanzlos. Sie war beruhigt: Amenothes I. hatte keine Seele. Noch nicht.

Im Jahre 2500 schüttelte Hugues Page, der erste Zeitreisende, viele Hände und betrat seine Pilotenkabine, indem er es Professor Rezky überließ, sich mit einer Menge Reporter herumzuschlagen. Er konnte nicht verstehen, warum die Leute diesen Flug so wichtig nahmen. Er ließ nicht viel hinter sich zurück, und er liebte seine Epoche auch nicht übermäßig. Durch seine hypnotischen Studien hatte er erfahren, daß es schönere gab. Gewisse Bildwerke der Primitiven, die Fresken der italienischen Renaissance, die in den Gräbern des Tales der Könige aufgefundenen Emaillen ließen in ihm ein fernes Echo widerhallen . . . Er rückte seinen Elektrodenhelm zurecht und sah zu Rezky hinüber.

Bruchstücke der Unterhaltung drangen zu ihm herein. Was hatte der andere gesagt: *»Um sich von der Zeit abzusetzen, hinterließen die Atlantiden in den Epochen leere Räume, hohle Figuren. Das erklärt das Erscheinen der großen, von ihren Zeitgenossen abstechenden Genies: Leonardo da Vinci, Pascal, Einstein. Das waren die Männer der Zukunft . . .«* In dem unnatürlichen Neonlicht erschien das Gesicht des Archäologen bläulich. Hugues sah auf seinen Chronometer und drückte auf den Knopf aus Selen.

Und die Welt wurde eine andere.

Ein ungeheurer, weißer Mond hing über der Wüste. Page erinnerte sich nicht, seine Pilotenkabine verlassen zu haben – und jetzt befand er sich zwischen den roten Dünen. Der Sand funkelte schwach. Das Bild erinnerte an Syrtis Major auf dem Mars. Er lüftete ein wenig das Visier seines Helms, und eine trockene, sauerstoffreiche Luft brannte auf seinen Wangen. Er wurde unruhig: War das wirklich die Erde? Bei diesem ersten Versuch konnte man sich leicht in der Einstellung irren. Das Wasser eines kleinen kristallklaren Bachs, unter drei metallschimmernden Palmen, kam ihm brackig vor, übersättigt mit Mineralsalzen.

Für einen Augenblick schwankte der Zeitreisende: Alles war

verloren, Rezky hatte sich in der Richtung geirrt, er hatte ihn in eine nicht vorgesehene Zukunft geschickt, auf eine tote Erde – diese Wüste war nur ein durch Verdunstung ausgetrockneter Meeresboden und dieses Rinnsal das letzte Wasser . . . Die veränderte Stellung der Sterne, die Klarheit der Atmosphäre unterstrich nur noch das Schreckliche dieser Annahme: Die Gestirne schienen überhell, und der Polarstern stand an einem anderen Platz, als wenn sich die Erdachse etwas gehoben hätte. Würde Rezky ihn wiederfinden? . . . Auf den verglühten oder vereisten Planeten, die er bisher besucht hatte, war wenigstens sein Raumschiff zur Stelle, aber nicht hier . . .

Fast im gleichen Moment erscholl ein wildes, furchterregendes Gebrüll, gleich einer Alarmsirene, die ihn hinter eine Düne flüchten ließ. Er zog seine Strahlenpistole (obwohl er diese Waffe für unnütz gehalten hatte) und sah, wie sich auf der weißen Scheibe ein fantastisches Ungeheuer abzeichnete. Der Mond ließ das silberne Fell mit den blauen Schatten aufglänzen: Hoch wie ein Entladekran, die Beine und der Hals lang und gelenkig, mitten auf dem Rücken ein Höcker, es war ganz einfach widerlich. Das Ungeheuer machte einige schwankende Schritte, ließ sich wie ein Mensch auf die Knie fallen und stürzte in den Sand. Und der Astronaut vernahm ein melodisches Schluchzen.

Eine kleine Silhouette löste sich aus dem Schatten. Ein langer blauer Schleier wehte hinter ihr her, und während eines flüchtigen Augenblicks sah Page ein verstörtes Gesicht, weiß wie eine Perle, rosig wie ein blühender Kirschbaum und von der Reinheit eines göttlichen Wesens – an den Wimpern perlende Tränen, der Mund eines Kindes. Das Mädchen lief blindlings vor sich hin (für Page war es unleugbar ein Mädchen), und der Zeitreisende eilte ihm nach. Die erste Form von intelligentem Leben, der er begegnete, war charmant. Er versuchte, ihre Gedanken aufzufangen; ein Fluß ungeordneter Wellen traf ihn (es war richtig, daß seine ESP-Fähigkeiten hier besonders stark waren). Das junge Mädchen war müde, erschreckt, sie war die ganze Nacht gereist. Sie war in Eile. Und dieses verwünschte Dromedar weigerte sich, weiter zu laufen! Page näherte sich und hätte fast eine Frage gestellt, erinnerte sich aber rechtzeitig, daß er ja unsichtbar und unhörbar war. Und doch, wie als Antwort konzentrierte sich die Unbekannte mit außerordentlicher Kraft auf eine von außen kommende Gefahr, etwas, das von einer anderen Welt kam, lebendig und schonungslos. Während eines Augenblicks hatte Page den unsinnigen Gedanken, andere Astronauten seien schon vor ihm in dieses Land gekommen, und das Kind flüchtete vor diesen Eindringlingen.

Inzwischen formten sich auf dem wallenden Gehirnstrom mit unglaublicher Klarheit zwei Bilder: Das erste war eine Oase und ein halbrundes Gebäude aus gewaltigen schwarzen und gestreiften Marmorblöcken – ein einsamer Tempel, unheimlich, von dem Schrecken ausging. Dank seiner Vorbereitung erkannte Page in ihm eines der ältesten Heiligtümer der Erde, den Tempel des Ammon Ra, in dem alle Herrscher, einschließlich Alexander des Großen, ihre Krönungsweihe empfangen hatten. Also mußte er sich doch auf der Erde befinden, aber in welcher sinnestäuschenden Vergangenheit?

Die Unbekannte rannte weiter, sie strauchelte, und ein zweites Bild löste sich von ihren geistigen Wellen: ein Mann. Nein, mehr als ein Mann. Page konnte seine Züge nicht klar erkennen – nur das Aufblitzen einer Rüstung, die, so dachte er bei sich, dem Panzer eines Raumfahrers sehr ähnlich war. Das Wesen wurde von einer Gefahr bedroht, schlimmer als der Tod. Page versuchte, diesen Schatten genauer zu erfassen, aber es gelang ihm nicht. Sehr wahrscheinlich hatte sich ein Keil zwischen seinen Empfang und die Ausstrahlung des jungen Mädchens geschoben; er sah nichts mehr als die Wüste und den Sphinx von Giseh.

Als ob sie daran verzweifelte, sich nicht klarer mitteilen zu können, rang die Flüchtende die Hände und blieb wie erstarrt stehen. Ein Stoß, mehr fühlbar als hörbar, erschütterte die Ebene, und doch war nichts zu sehen. So weit das Auge reichte, nichts als Säulen von aufgewirbeltem Sand. Einige Sekunden später stürzte eine taumelnde Form auf sie zu, es war das weiße Dromedar – sein Schatten breitete sich wie eine Wolke über die Wüste, mit an den Kopf gelegten Ohren verschwand es zitternd hinter einem Staubvorhang.

Und Page sah die Löwen kommen.

Das erste Gebrüll kam aus einer tiefen Spalte der Hochebene. Einem Donner gleich rollte es daher und entwickelte sich zu einem Chor von Gebrüll und Röcheln. Wie ein Sturm fegten sie über die Dünen – eine Wolke von Sand, Krallen und Blitzen – mit dem glühenden Hauch einer Schmiede. Das junge Mädchen fiel hin, und noch bevor der Astronaut eine Bewegung machen konnte, war die Meute über ihnen.

Zwanzig oder hundert oder tausend fahlrote Wirbel, hundert oder tausend lange und brüllende Flammen – in Granit gehauene Schnauzen, verwilderte Mähnen – und als sie ganz nahe waren, die goldgelben funkensprühenden Augen. Das war mehr als notwendig, um zwei verletzliche menschliche Körper hinwegzufegen, zu zerreißen. Page war instinktiv in die Knie gegangen und hielt mit seinen Armen den schlanken Körper des Mädchens umfangen, das sein Gesicht an seiner Raumfahrerausrüstung zu verstecken schien. Er hatte nicht einmal Zeit gehabt, seine Strahlenpistole zu ziehen. Konnte man auf einer Zeitreise sterben? Rezky hatte gesagt . . . Er schloß die Augen.

Eine Minute später lebte er immer noch, und der glühend heiße Atem des lebendigen Orkans hatte sich gelegt. Das junge Mädchen lag unbeweglich, aber wachsam in seinen Armen. Page öffnete die Augen und sah die wilde Meute am Horizont verschwinden. Einige Nachzügler rannten hinterdrein, mit einem Sprung setzten sie über den Platz hinweg, an dem sich der Unsichtbare befand. Nur das Dromedar war noch zu sehen. In weiten Wellen verebbte das Erdbeben, und es trat wieder Ruhe ein.

Die Tiere fühlen ›die Anwesenheit‹, erinnerte sich der Zeitreisende. Er sah wieder – weit entfernt von dieser entfesselten Welt – vertraute Kindheitsbilder wieder: Sein Hund vor einem leeren Platz verharrend, eine Hauskatze unbeweglich angesichts der Nacht. Für sie war die Dunkelheit lebendig. Aber das junge Mädchen, das sich zu ihm geflüchtet hatte? . . . Sie hatte sich erhoben, und er konnte sie jetzt in der Helle des Mondes besser sehen. Ein Schwindelgefühl erfaßte ihn. In seinem Leben hatte Page schon viele entzückende Mädchen um sich gehabt, charmante und liebenswürdige, wunderschöne Mannequins, aber noch nie hatte er ein Wesen gesehen, das so den Vergleich mit einer Lilie herausforderte.

»Herr«, sagte sie, »ich muß gehen. Die Prüfung beginnt, und jeder muß allein sein. Ihr wißt es jetzt . . . Ptah . . .«

Hatte sie gebetet? Sich an irgendeine unsichtbare Gottheit gewandt? Sie entfernte sich schon. Andere Schatten zogen über die Wüste. Ein Wagen mit glänzenden Achsen rollte vorbei, auf dem zwei Männer knappe Sätze austauschten. Page nahm von neuem das Bild der Oase wahr, seine Schatten, Palmen vergleichbar, den Tempel mit den Jaspissäulen. Aber für diese Reisenden wachte dort ein menschliches Wesen; und ohne Zweifel suchte die Flüchtende mit ihm zusammenzukommen. Unter Aufbietung aller seiner geistigen Kräfte sah der Zeitlose über den Sand und den Nebel hinweg eine stolze Silhouette, ein dunkles und schönes Gesicht, in seltsamer Weise bekannt, und die Smaragde des Stirnbandes. »Ein König«, dachte er. »Ein Pharao. Und sie haben sicherlich ein Zusammentreffen. Sie macht sich gut, meine kleine Unbekannte.« Erfüllt von einem unerklärlichen Groll, wandte er sich von der Oase ab.

Allein geblieben, schätzte er wieder seinen Zustand zwischen den Ebenen: Er schwebte über den Dünen. Es genügte, daß er an eine Felsspalte dachte, um sich im gleichen Augenblick am Rande der Felsklippe zu befinden. Von unten stieg die Frische einer Quelle auf. »Das ist es, was sie Levitation und Telekinese nennen«, sagte er sich. Ein einzelner Löwe tauchte auf, stieß ein heiseres Gebrüll aus, spitzte die Ohren und sprang zur

Seite, weil Page unbekümmert auf ihn zuschritt. Das mächtige Tier flüchtete mit hängendem Kopf wie ein geprügelter Hund. Durch Geisteskraft ließ Page ihn den Weg zurückkehren und in die Spalte stürzen; auf diese Weise gehorchten ihm die Bestien.

In diesem Augenblick wurde die ihm drohende Gefahr deutlich.

Es war kein Wesen, oder wenigstens noch nicht. Eher ein geistiges Wellenbündel – mächtig, unerbittlich, gebieterisch. Etwas, das die Körper entleerte, vor dem alle menschlichen Gedanken erstarben. Er bot seinen ganzen Willen auf, um nicht zurückzuweichen, um nicht zu fliehen. Im Gegenteil, er schritt in den offenen Zwischenraum, weit genug, um zu erkennen, daß es sich um Angriffsmethoden einer alten, blutgierigen Rasse handelte, die ohne Rücksicht auf irgendwelche Moral ihre Fähigkeit des Aussaugens entwickelt hatte. Mit einem Wort, eine Rasse von psychischen Vampiren, wenn nicht noch mehr . . . Der Einfluß war so gewaltig, daß er automatisch auf die Netzhaut des Zeitreisenden das Bild eines Sphinx zeichnete. Aber dieses Mal war er lebendig.

»Warum nicht?« fragte sich Page. »Die irdischen Monumente sind voller göttlicher und tierischer Masken, die planetarischen Legenden erzählen von Grausamkeiten, wahnwitzigen Begebenheiten und Schmähungen, die zu vergessen wir uns bemühen, da es schwer ist, mit ihnen Seite an Seite zu leben. Aber die Menschen sind trotzdem irgendwo den assyrischen Stierkönigen begegnet, den Harpyien und Gorgonen . . . Warum soll nicht ein Sphinx über die Nacht herrschen?«

Page taumelte, die visuelle Welle hatte ihn mit einer solchen Kraft getroffen, daß er einen körperlichen Schock empfand, ein blutiger Vorhang nahm ihm die Sicht, und eine Flut von Halluzinationen brandete über ihn hinweg. »Wie bei einem Boxer, der groggy geschlagen ist«, dachte er, indem er versuchte, einen Schutzschirm zu errichten. Und war es überhaupt möglich, daß ein getroffener Boxer jemals einen so brennenden Schmerz empfunden hatte. Die Welle zog sich wieder zurück, er konnte wieder atmen und die auf ihn zustürmenden Eindrücke ordnen.

Sie waren von jeder Art, und zweifellos kamen sie von wenigstens zwei verschiedenen Wesen: Die einen waren düster, abscheulich, wie aus einem wahnsinnigen Weltall, eine unendliche Finsternis heraufbeschwörend, vereiste oder verglühte Planeten, Schlacken, die um riesige Sonnen kreisten, und diese Gestirne trugen die Namen der Sterne, die von den Menschen noch nicht erreicht worden waren: Sirius, Atair, Aldebaran. Kamen von dort die raubgierigen Arten? Diese Wellen drängten sich mit ihren Visionen auf, ihren disharmonischen Tönen; ihren Welten, die unter kosmischen Erschütterungen explodierten, mit dem gewaltigen Gebrüll der Saurier ihrer Kohlezeitalter, dem süßlichen Geruch der Verwesung ihrer vorhandenen oder sich bildenden Sümpfe, in denen alles Leben erstarb. Eine Geschichte voller Kämpfe, Gewalttätigkeiten und Schreie – ein ganzes Universum voller Schrecken, geistig und körperlich.

Page hatte keinen Zweifel, daß dies die persönlichen Erinnerungen eines Ungeheuers waren. Ptah – das junge Mädchen hatte diesen Namen genannt: *Ptah* . . . Unter dem Namen von Sokaris hatte er schon über Memphis geherrscht – oder war es einer seiner Ahnen? Jedenfalls wollte er sich heute des ganzen Landes bemächtigen . . . Aber warum fiel er über einen Zeitreisenden her? (Während einer kurzen Sekunde bedauerte der Astronaut seine wahre Berufung – bestimmt, begrenzt durch die Gesetze der Physik. Rezky und seine Assistenten hatten diese Gefahr sicherlich nicht vorausgesehen.) Er wehrte sich gegen eine Persönlichkeit, die ihn überfiel, ihn schwächte, und heftige, unergründliche, unmenschliche Empfindungen nahmen von seinem Unterbewußtsein Besitz.

Aber eine schwächere, musikalische Welle – ein kristallener Faden, ein Mondstrahl kam ihm zu Hilfe. Sie war zutiefst menschlich, sie erzählte von einem himmelblauen Meer, von einem Erdteil aus Opal, von einer harmonischen, festgegründeten Weisheit, die stolz machte, ein Bürger dieser Erde zu sein. Sein ganzes Wesen fühlte sich zu dem Strom klarer Bilder hingezogen, und er begriff, daß die Unbekannte an seiner Seite kämpfte. Was aber war mit dem Tempel, der Oase . . . War sie nicht auf der Seite ihres schönen, düsteren Pharaos?

Es blieb ihm keine Zeit zum Überlegen, denn der blutgierige Gedanke bestürmte ihn erneut. Bisher war er nur heftig gewesen, schreiend, er war schrecklich gewesen, rücksichtslos vernichtend . . . Doch jetzt wechselte er die Taktik, da er die Macht des Gegners erkannt hatte – und nicht ohne Überraschung; er trat jetzt schmeichelnd auf, übertrieben sanft, fiel über die Nerven her und peitschte zu einer ungeheuren Wollust auf, über die Grenzen aller körperlichen Freude hinaus und heftiger als der Schmerz. Und er versprach und flüsterte an der Grenze des Bewußtseins entsetzliche Dinge, gleichermaßen Qualen und Entzücken verheißend. Das Wesen, das von seinem Nervensystem Besitz ergriffen hatte und auf ihm wie auf einem Klavier entsetzliche Sinfonien spielte, hatte so lange gelebt und sich in so fürchterlicher Sinneslust erschöpft, daß das menschliche Gehirn bei seinem Kontakt schmolz und die menschliche Seele für immer besudelt blieb und zerstört wurde. Von einer plötzlichen Verzweiflung erfaßt, erkannte Page, daß alle diese Erfahrungen gegenwärtig waren, in diesem Augenblick; durch eine Konzentration seines Willens lebte Ptah und ließ ihn an seinem Höllenreich teilnehmen.

Er, immer er . . . Wo war denn der Pharao, den das Ungeheuer angreifen sollte?

Er kämpfte als Mann, als Forscher, den man gelehrt hatte, in der Einsamkeit und auch im schlimmsten Chaos seiner eigenen Persönlichkeit auszuharren. Er war Hugues Page, ein menschliches Wesen aus dem Jahr 2500 – das mit der Entfesselung von Haß und Wollust nichts zu schaffen hatte. Diese Bewußtwerdung zerschlug die Behexung, die schwarze und rote Welle brandete zurück. Page fand sich unter einer Düne auf den

Knien liegend wieder, er war zwischen die Felsblöcke gerollt, und seine Hände waren voller Blut. Das Schlagen seines Herzens bestürzte ihn, und er verstand: Der letzte Angriff war so heftig gewesen, daß er ihn fast aus der Vierten Dimension herausgerissen hätte – er nahm wieder eine körperliche Gestalt an ... Er schauderte.

In der Stille der Wüste sprach eine melodische Welle (vielleicht die Stimme der Unbekannten, aber ergreifender und wärmer):

»Flieht, oh, flieht! Ihr seid es, den sie zerstören wollen.«

»Mich? Warum mich? Ich bin weder von diesem Land noch von dieser Zeit.«

»Ihr wißt nichts davon. Die entsetzlichste Gefahr ...«

»Kann ich zu Ihnen kommen?« fragte Hugues – und jedes Wort zerriß ihm die trockene Kehle.

»Kann ich Ihnen eine Hilfe sein?«

»Nein. Nein ...« (Er spürte eine Welle tiefster Verzweiflung.)

»Ich will Sie wiedersehen.«

»Das ist unmöglich. Ihr seid verloren, wenn es ihnen gelingt, euch zu materialisieren.«

»Und können sie das?«

»Ich weiß nicht. Sie haben schon so viele Gehirne von Atlantiden ausgeraubt ... Begebt euch in eine andere Dimension. Denkt nicht mehr an mich.«

(Das war nicht die Unbekannte. So hätte sie nicht sprechen können.)

»Sie haben die Gehirne der Atlantiden ausgeraubt ...«

Das seinige jedenfalls auch. Page fühlte sich leer geworden. Da er während einiger Augenblicke die Erlebnisse und die Gefühle des Ungeheuers geteilt hatte, so bedeutete das, daß die anderen Zutritt zu seinem eigenen Wissen hatten. Er fröstelte; er war trotz allem ein guter Physiker und ein noch besserer Astronaut. Würden sie seine Kenntnisse anzuwenden wissen?

Würden sie ... Die Vorstellung, die Erde des Jahres 2500 könnte von den bestialischen Masken des pharaonischen Ägyptens überflutet werden, ließ ihn erschaudern.

Aber sich in eine andere Dimension begeben? Am anderen Ufer der Zeit erschien ihm die Silhouette von Professor Rezky eigenartig unbeständig. Dieses Phantom müßte eine Tastatur betätigen und den Hebel auf ›Zurück‹ stellen. Das erschien ihm unmöglich. Plötzlich fand er Gefallen an dieser gewalttätigen Welt, in die er eingetaucht war. Es war *seine* Erde und doch ein neuer Planet ... Die Luft war von einer berauschenden Reinheit, alle Farben leuchteten wie nie zuvor erlebt, der rosige Mond erhielt durch die Sandstürme einen unerhörten, unwirklichen Glanz ... die üppig wuchernde Oase, ihre Palmen, frisch wie nach einem Regenguß, alles bis zu den betäubenden Wohlgerüchen, die den blassen Kelchen der Seerosen entstiegen, die Frische einer Quelle verkündete mit Macht ein Universum, das jung war, reich, berauschend. Und gleichzeitig waren Schrecken und Tod noch nie so nahe beisammen, so gegenwärtig. Alles in dieser Zeit war dazu angetan, die Freuden des Augenblicks zu genießen. »Ich lebe!« schrie das unter den mächtigen Säulen des Nilpferds niedergetretene Weidengebüsch. »Ich existiere!« funkelte der Nachtfalter, den die Nacht verschluckte. Die kurze Minute war ein fast schmerzliches Entzücken.

In diesem rosigen Schimmer zeichneten sie sich am anderen Rand der Wüste ab. Tatsächlich hatte Page in keinem Kohlezeitalter irgendeines Planeten etwas Schrecklicheres gesehen. Da eine gewisse Ordnung – eine Parodie menschlicher Disziplin – ihren Zug bestimmte und verschiedene Gestalten, auf Wagen stehend, die Zügel hielten, erschienen einige aus Alpträumen der Kindheit vertraut. (Wer von uns hätte noch nicht geträumt, daß er von einer Meute verfolgt und gehetzt wird oder von schwindelnder Höhe ins Bodenlose stürzt?) Sein Wissen dank seinen hypnotischen Studien nützte Page wenig, daß Ägypten recht wenig menschliche Götter besaß. Er konnte es sich nicht vorstellen. Jetzt tauchten aus jeder Bodensenke (›In dieser verwünschten Erde‹, gibt ein chaldäisches Manuskript zu, ›verbirgt jede Sandwehe eine Million Dämonen‹), aus jeder Düne seltsame Gestalten auf, mit Flügeln, Kraken oder Hundsköpfige. Die einen schleiften am Boden entlang, Körper aus klappernden Ringen, mit einem Geräusch wie Meeresbrandung, andere drehten sich funkensprühend im Kreise – sie alle zogen zur Oase von Ammon. Saurier kamen und riesige Widder, Wesen mit Schakalsköpfen auf von Nilpferden gezogenen Wagen, die Götter von Bubastis, von Mendes, von Assyrien, Monstren und Götter ohne Gesicht. All diese Schreckgespenster eines dunklen Zeitalters folgten dem Siegeswagen.

Und unter einem purpurnen Baldachin thronte der lebende Sphinx.

Der Zug bewegte sich unerbittlich langsam voran. Nichts konnte ihm widerstehen, nichts seinen Siegesmarsch aufhalten. Bei all diesen wiedererweckten Schrecken, angesichts all dieser wieder lebendig gewordenen Gespenster hätte ein Mensch dem Vormarsch der Götter nur als Fußmatte dienen können. Unabänderlich war ihr Ziel die Oase des Ammon.

Für einen Moment packte Page die Lust, die Unbekannte am Tempel wiederzutreffen, so stark, daß er sich ins Handgelenk biß. Nein, deswegen war er nicht gekommen. Er hatte eine Mission. Seine Aufgabe war es, so viele Daten wie möglich zu sammeln und festzuhalten, zu kämpfen, wenn er angegriffen wurde, und nach Hause zurückzukehren. Aber schon der Gedanke an eine Rückkehr erschien ihm absurd.

Auf Knien, so erschöpft war er, kroch er zu der Quelle im Schilfrohr. Das Wasser war herrlich kühl. Er trank in tiefen Zügen, ohne daß es ihm auffiel, daß seine sinnlichen Wahrnehmungen immer schärfer wurden. Der Bach, der die Oase bewässerte, verlor sich ein wenig tiefer in einer Spalte im Granitgestein, von wo ein dumpfes Murren heraufklang. Page beugte sich nieder, und ein entsetzlicher Raubtier-Geruch schlug ihm entgegen. Es war ein Wadi unterhalb des Plateaus, der Löwen als Tränke diente. Die Gesellschaft der Tiere erschien ihm wie eine rote Brandung, in der für Augenblicke der Wasserlauf blinkte.

Die Tiere nahmen beim Trinken aufeinander Rücksicht und räumten den schwächsten Platz ein. Er unterschied in der Masse die großen schwerfälligen Bestien des Golfs, mit im Sand schleifenden Mähnen, spielende junge Löwen und schöne Löwinnen von der Farbe reifen Maises. Ein wenig tiefer zeichneten sich die Hörner einer Antilope ab, die über dem Durst die Gefahr vergaß, ein Rhinozeros mit kleinen blutunterlaufenen Augen wälzte sich und ließ den Rand des brüchigen Felsens abbröckeln. Dünenleoparden streiften zwischen den gestreiften Riesen ihrer Art umher.

Als sich der Wind drehte, erstarrten die Tiere fast augenblicklich. Eine schöne Löwin, rosig wie eine nackte Frau, sprang aus den Dünen. Ein Tiger schnellte durch die Luft. Schakale heulten, und man hörte, das brüllende Konzert übertönend, das schauerliche Lachen einer Hyäne. Page, am Boden liegend, verstand: Die Tiere hatten seine Gegenwart wahrgenommen, die Springflut vor ihm kam ins Rollen. Er ging weiter. Es war eine entfesselte materielle Kraft, imstande, alles hinwegzufegen, was es auch sei, wer es auch sei . . .

»Ich bin bereit, Ptah!« sagte sich Page.

Der Zusammenstoß der beiden Massen war so stark, daß die Wüste davon erzitterte.

Page kam in der kühlen Tiefe des Gewölbes wieder zu sich. Sein Kopf ruhte auf einem blauen, zusammengefalteten Schleier in einer Höhlung aus Marmor, und er erinnerte sich, daß die ägyptischen Betten anstelle eines Kopfkissens eine Vertiefung in Form eines Halbmondes hatten. Das ergab schöne Träume, wie es schien. Die Idee war so absurd, daß er lachen mußte. Ein Metallreif hielt seine Schläfen umschlossen, und zwei große irisierende Augen, von langen Wimpern beschattet, beobachteten ihn.

»Ihr habt tapfer gekämpft«, sagte eine Stimme. Und nach einer Weile des Schweigens: »Und ihr seid schön.«

»Sie sehen mich also?« fragte er und versuchte, sich zu erheben. Aber eine kleine Hand hielt ihn zurück. »Rührt euch nicht. Als wir euch aufgehoben haben, schient ihr tot zu sein. Alle Löwen der Wüste und das ganze Heer des Ptah sind über euren Harnisch hinwegmarschiert – glücklicherweise war es ein Stoff, der widerstand.«

»Wo ist Ptah?«

»Ich denke, daß er geflohen ist. Er hat sich in der Wüste verkrochen und fast sein ganzes Gefolge verloren, schließlich ist er ja nur ein großes Tier!«

»Sie haben mich aufgehoben . . . wer, Sie?«

»Mein Vater. Mein Onkel Nephtali. Fremde. Ihr werdet sie später belohnen, das ist jetzt nicht so wichtig. In wenigen Augenblicken wird das Mittel, das wir euch gegeben haben, wirken, und dann werdet ihr aufstehen und nach Theben zurückkehren können. Man wird euch dort wie einen Gott empfangen.«

»Aber«, sagte Page, »ich habe durchaus keine Lust, nach Theben zu gehen. Vor allem, wenn mich jetzt alle Welt sieht.«

»Ein Pharao muß sich in Theben krönen lassen.«

»Aber . . .«

»Ihr seid der Pharao. Ihr nennt euch Amenothes I., Sohn des Ahmes, Enkel des Mamosis. Ihr regiert über die beiden ägyptischen Länder: das Weiße und das Blaue Ägypten, über einen Teil Asiens und unzählbare Völker der Wüste. Ihr tragt den Uräus und die Doppelkrone, und ihr seid ein Gott.«

Das Mittel mußte gewirkt haben, denn Page setzte sich in seiner beschädigten Rüstung auf.

»Hören Sie«, sagte er, »einer von uns beiden muß verrückt sein: Mein Name ist Hugues Page, und ich bin Pilot mit einer Mission. Ich komme aus dem Jahre 2500 hierher, auf dem Fluß der Zeit, und ich will auf dem gleichen Weg wieder zurück. Übrigens glaube ich verstanden zu haben (ich habe ihre Gedanken empfangen), daß sich der Pharao Amenothes in diesem Tempel befand. Wo ist er? Er ist der wahre König von Ägypten, und ich habe keinesfalls die Absicht und auch gar nicht die Fähigkeiten, ihm seine Rechte auf den Thron zu rauben.«

Die himmelblauen Augen drückten eine hinreißende Verzweiflung aus. »Onkel Nephtali«, schrie die Unbekannte. »Onkel Nephtali. Komm schnell! Der Schock war doch schwerer, als wir dachten ... unser Prinz hat den Verstand verloren.«

Ein ehrwürdiger weißhaariger Greis in der Haltung eines Patriarchen ging auf Page zu und prüfte seinen Puls.

»Oh, Pharao«, sagte er. »Euer Name sei gesegnet tausend und abertausendmal. Möge Eure Majestät wieder zur Besinnung kommen, Ihr seid fieberfrei.«

»Ich bin ebensowenig der Pharao wie Sie.«

»Eine verständliche Auswirkung des Kampfes gegen die Dämonen, Herr: Ich bin Euer Mundschenk und Euer Hofpoet, ich erkenne Euch feierlich als meinen Herrscher an. Wünscht Ihr, daß ich meinen Bruder Joseph rufe, Euren Oberaufseher? Oder meinen Bruder Dan, den Befehlshaber Eurer Wachen? Sofern nicht der Hohepriester Isides, der hier ist ...«

»Ihr tragt die Uräusschlange und die Doppelkrone, oh, Herr«, sagte ein Greis von blauer Hautfarbe.

Page führte die Hand zur Stirn – er fühlte die Windungen der goldenen Schlange, die Kühle der Gemmen. Vor ihm kniete ein nubischer Sklave und reichte ihm eine silberne Scheibe, die als Spiegel diente. War das sein Gesicht, dieser dunkle Widerschein großer Augen, aus denen Blitze schossen?

»Ich ...«, begann er. »Ich verstehe nichts mehr. Es hat ein Austausch stattgefunden ...«

»Das ist unmöglich, oh, Herr! Eure Diener haben die ganze Nacht in der Oase gewacht. Und vor und nach dem Kampf ist die Prinzessin Neter, Eure Braut, an Eurer Seite geblieben.«

Die Prinzessin Neter, seine Braut ...

Er senkte seinen Blick in ihre irisierenden Augen. Sie lächelte ihm zu. Das war das entzückendste Mädchen, das er je getroffen hatte – und ein zuverlässiger Kampfgefährte. Sie hatte ihn aus dem Unterschlupf der Monster herausgeholt. Es kam ihm vor, als hätte er sie schon immer gekannt oder wenigstens von ihr geträumt, in einer Welt, die vielleicht die Zukunft war.

»Laßt uns allein«, sagte er mit gebieterischer Stimme, die ihm selbst fremd war. »Ich will mit Prinzessin Neter sprechen.«

Sie waren allein, vor dem Altar von Ammon-Ra, inmitten der göttlichen Sonnenscheiben und der Jaspispfeiler. Page lehnte sich an den Sockel einer Statue, und Neter nahm seine Hände, die sie mit ihren langen Wimpern sanft streichelte.

»Ich bin nicht Amenothes I.«, sagte er, »und Sie wissen es, Neter.«

»Ihr werdet Amenothes sein müssen.«

»Wozu dieses grausame Spiel? Eines Tages wird man den echten Pharao entdecken oder seinen Leichnam.«

»Es gibt keinen anderen Pharao. Glaubt Ihr, daß die eifersüchtigen Herren der Wüste ihn am Leben gelassen hätten? *Es hatte nur ein Schatten existiert, eine von uns geschaffene leere Hülle, die schon Euer Gesicht hatte, weil wir, die Atlantiden, schon immer wußten, daß Ihr kommen würdet.* Es war eine so vollkommene Gestalt, daß Ptah sich täuschen ließ.«

»Aber die anderen Pharaonen . . .«

»Wer sagt Euch, daß sie einen anderen Ursprung hatten? Den Zeitreisenden ist es zu verdanken, daß die Menschheit inmitten der Invasionen und Katastrophen fortschreiten konnte. Das ist der Nutzen und der tiefere Sinn Eurer Entdeckung. Ägypten braucht Euch, und ich auch.«

Ihr Haar duftete nach Ambra und Honig. Ihr Mund bot sich ihm – und Page fühlte eine Schwäche. Er versuchte aber immer noch, wieder in einer greifbaren und festen Welt Fuß zu fassen, die er für die seine gehalten hatte.

»Der Fluß der Zeit erlaubt kein Eingreifen in seinen Verlauf. Was wir jetzt erleben, ist nur ein Traum!«

»Nein: Eine privilegierte Konfiguration. Amenothes I. hat

den Tempel des Ammon umgewandelt verlassen, wie Ihr wißt. Die Chronisten werden sagen: *Er wurde den Göttern gleich.*«

»Nein, ich bin es nicht. Ich bin es durchaus nicht! Und dann (er klammerte sich an diesen Gedanken mit der Verzweiflung eines Schiffbrüchigen an eine Planke), denken Sie daran, daß ich in jedem Augenblick in das Jahr 2500 zurückgerufen werden kann! Es genügt, wenn Professor Rezky auf einen Hebel drückt . . .«

»Nein«, sagte Neter. »*Wir anderen, die Mondfischer, die den Fluß der Zeit aufwärts segeln, ziehen die Bilder und die Lebewesen in unsere Netze.* Jemand hat das gesagt . . . Küßt mich, und Ihr werdet verstehen. Seht Ihr es, nicht wahr? Die Zeitreisekabine ist leer.«

»Sie ist leer.«

»Und Euer Körper ist hier.«

STEFAN WUL

Spiele der Vestalinnen

Cyril hing schwer am Arm von Damien. Sie stolperten und fielen gemeinsam hin. Das Licht der Lampe beschrieb einen kleinen Kreis und erlosch im weichen Sand.

Man hörte einen Fluch, dann:

»Hast du dir weh getan?«

»Nein, nein, dieser Sand . . . ein richtiges Bett!«

Damien tastete im Dunkeln um sich. Eine schummrige Helle ließ ihn die Lampe finden, und er richtete den Lichtstrahl auf Cyril.

Dieser lag ausgestreckt da und stöhnte. Der Verband um seinen Kopf sah aus wie ein schmutziger Turban. Feuchtglänzend rann Schweiß über sein Gesicht mit den dunklen Augenringen. Er sagte: »Ich habe genug von dem Marsch in der Dunkelheit. Bist du sicher, daß wir nicht schon hundert Kilometer gelaufen sind?«

Damien schüttelte den Kopf.

»Wir müssen gar nicht so weit gehen. Ich sagte dir doch, daß ich ungefähr zwanzig Kilometer von der Stelle entfernt, wo wir notlanden mußten, einen See gesehen habe. Wir haben kaum noch eine Stunde.«

Cyril hob müde eine Schulter. »Das nennst du eine Landung? Das war ein Absturz! Ich habe Durst.«

Er wurde von einem jämmerlichen Würgen geschüttelt und erbrach sich in den Sand. Als wenn es ansteckend wäre, krümmte sich Damien schmerzhaft zusammen und erbrach sich ebenfalls. Beide gaben das Wasser wieder von sich, das sie fünf Minuten vorher getrunken hatten, Wasser, das sie dem Motor der zerschellten Maschine entnommen hatten und das nach Rost und alter Farbe schmeckte.

Wütend riß Damien die Feldflasche von seinem Gürtel und schleuderte sie weit fort.

»Schweinerei!« schimpfte er. »Lieber will ich verrecken, als nochmals davon trinken!«

Er stand auf und klopfte sich den feinen Sand von seiner Flieguniform. Ein Rock, weich und glänzend, geschmückt mit einem roten Adler, dessen ausgebreitete Flügel seine ganze Brust bedeckten. (Die Armee duldete solche Fantasiekleidung bei den jungen Burschen, die sie in den Weltenraum entließ.) Aber jetzt, in ihrer tragischen Situation, erschien dieses kindische Vergnügen lächerlich. Damien wurde sich dessen plötzlich bewußt, und ohne Nachsicht betrachtete er den glänzenden gelben Löwen auf der Brust seines Kameraden.

Cyril hatte eine Hand auf seinen Magen gepreßt und keuchte noch immer. Bei jedem Atemzug schien sich der Löwe zum Sprung zu ducken.

»Gehen wir?« stieß Damien gereizt hervor.

Cyril sah ihn mit dem Blick eines besiegten Helden an und fuhr sich mit der Zunge über die aufgesprungenen Lippen.

»Weißt du?« sagte er. »Dein See . . .? Ich glaube nicht daran. Dieser Planet ist nichts als eine Wüste!«

Damien beugte sich über ihn und zwang ihn, sich zu erheben. Er hämmerte seine Worte auf ihn ein:

»Ich habe – einen – See – gesehen! In einer Stunde werden wir unseren Durst löschen können. Auf, Kamerad, wir müssen gehen!« Den Verletzten stützend, zog er ihn mit sich in die Nacht hinaus.

Nach und nach ging der feine Sand in harten Kies über, und zuletzt waren es Felsen. Sie kletterten durch einen Wirrwarr von Menhiren, zertrümmerten Steinsäulen von ungewöhnlichen Formen und kamen an den Rand eines Abgrunds.

Der Lichtstrahl der Lampe tauchte ins Leere, beleuchtete steile Abhänge und verlor sich tiefer im Dunkel.

»Kein See!« murmelte Cyril.

Damien schluckte mehrmals trocken und beteuerte hartnäckig:

»Er ist ganz unten. Ich habe ihn kurz vor dem Unglück gesehen.«

Vorsichtig glitten sie den Hang hinab und erreichten eine Art von Terrasse. Damien ließ seine Lampe aufleuchten. Zwei Meter unter ihnen befand sich eine zweite Terrasse und weiter unten noch eine.

»Sieh da«, sagte er, »eine richtige Treppe!«

Auf der dritten Terrasse stieß Damien mit dem Fuß an einen Stein, strauchelte und stürzte ohne einen Laut ins Leere.

In schweigendem Entsetzen verharrte Cyril unbeweglich, nur das verhallende Echo den Hang hinabrollender Steine war hörbar. Dann schrie er mit rauher, unsicherer Stimme:

»Damien!«

Von unten ertönte das Geräusch zusammenschlagender Zweige, dann die Stimme Damiens:

»Nichts gebrochen! Ich konnte mich an einem Strauch festhalten. Hörst du mich, alter Junge, an einem Strauch! Wir werden Wasser finden!«

»Leuchte mir!«

Die Antwort ließ etwas auf sich warten.

»Ich habe die Lampe verloren. Aber warte . . .«

Geräusche, dann wieder Geräusche, dann Schritte . . .

»Bück dich vorsichtig, ich reiche dir die Hand.«

Tastend wie zwei Blinde fanden sie sich wieder.

»Hör zu«, sagte Damien, »kurz bevor ich abstürzte, sah ich rechts einen mäßig abfallenden Hang, mindestens hundert Meter lang, sehr breit und ganz ungefährlich.«

Sie humpelten im Dunkeln weiter, zehn Schritte, zwanzig, fünfzig. Damien streckte den Arm vor sich und plötzlich . . . Eine kühle Hand ergriff sein Handgelenk, ganz zart, wie um ihn zu führen. Cyril? . . . Aber nein, Cyril war ja hinter ihm und hielt sich an seinem Gürtel fest. Also wer? . . .

Er blieb stehen, mit klopfendem Herzen, dann warf er sich nach vorn, um zu erwischen, was da . . . Die Hand ließ ihn los, er verlor das Gleichgewicht, fiel hin und zog Cyril mit sich.

Ein weibliches Lachen begleitete ihren Sturz, das Lachen eines anscheinend sehr jungen Mädchens, aber im Ton lag etwas unwägbar Unechtes, das auf die Nerven fiel.

Damien erhob sich auf ein Knie und fragte:

»Wer sind Sie?«

»Ha, ha!« ließ sich die junge Stimme vernehmen. »Menschen!«

»Damien, verflucht, was ist los?« fragte Cyril.

»Schweig! Wie soll ich das wissen?«

Sie versuchten, mit ihren Augen die Finsternis zu durchdringen. Damien schrie:

»Verstecken Sie sich nicht! Ich habe keine bösen Absichten, aber Sie haben mich erschreckt.«

Es war ein Geräusch zu hören, als ob jemand davonliefe, und die Stimme wiederholte, nur aus der Ferne:

»Ha, ha! Menschen!«

Dann ertönte aus dem Abgrund ein Chor von hysterischem Lachen, das von Terrasse zu Terrasse widerhallte.

Sie lauschten den ersterbenden Tönen, um dann einen anderen Ton in der Nähe zu vernehmen. Es klang wie ein ununterbrochenes Schluchzen.

»Bleib ruhig«, flüsterte Damien, »warte hier auf mich.«

Auf allen vieren bewegte er sich zwischen den Felsbrocken vorwärts, jedes Geräusch vermeidend. Jemand weinte, davon war er überzeugt, ein am Boden unterdrücktes Glucksen, wie von einem verletzten Tier. Seine Hand tauchte in eine laue Flüssigkeit. Mit einem Schrei der Überraschung zog er sie wieder zurück. Im gleichen Augenblick wurde die Nacht von einer großen Zahl Sternschnuppen wie von einem Feuerwerk erhellt. Dieser Blitz der Vorsehung enthüllte ihm eine kleine Quelle, die zwischen zwei feuchten Felsen hervorgluckerte.

»Wasser! Cyril!«

Und schon lag er lang ausgestreckt mit dem Mund im Rinnsal.

Während gut zehn Minuten füllten sie sich den Magen mit einem nach Schwefel schmeckenden Wasser, das ihnen aber herrlich vorkam.

Damien hielt seine Arme ins Wasser, dann sein Gesicht. Seine Hände berührten die Lampe an seinem Helm, die er vollständig vergessen hatte! Sofort schaltete er sie ein.

Cyril an seiner Seite war schon eingeschlafen, den Kopf auf den verschränkten Armen.

Damien sah sich um. Er wurde nur chaotischer Abhänge gewahr, die zu dem schwarzen Abgrund führten. Aus Sparsamkeit schaltete er die Lampe aus und lehnte sich, so gut es ging, gegen den Felsen mit der Absicht, über den Schlaf seines Kameraden zu wachen.

Trotz der Müdigkeit zwang er sich, ihre Lage zu überdenken. Es war schon allerhand, auf einen Planeten abzustürzen, der auf keiner Karte verzeichnet war. Aber sich berühren zu lassen von . . . Und doch, es war keine Illusion, Cyril konnte es bezeugen. Und diese Hand, die ihn berührt hatte? War es wirklich eine menschliche Hand gewesen?

Schließlich war es Nacht, und er hatte keine Zeit gehabt, sie Finger um Finger abzufühlen, um sich ihrer Form zu vergewissern. Ach, wenn er nur eher an seine Helmlampe gedacht hätte.

Der Helm war schwer, er wurde ihm schwerer und schwerer. Er ließ seinen Kopf unwiderstehlich nach vorn sinken. Damien überkam der Wunsch, den Helm abzunehmen, er machte eine entsprechende Bewegung und hatte dann doch nicht den Mut dazu.

Ein großer roter Mond ging auf.

Nach und nach eroberte er den schwarzen zerrissenen Horizont und hing schließlich wie ein riesiger Ballon am Himmel. Schwerfällig zog er seine Bahn und enthüllte eine Landschaft aus Kratern und Klüften. Die Schluchten wurden von seinem fahlroten Licht überflutet.

Damien erwachte plötzlich durch ein nervöses Zucken. Verstört betrachtete er das Schauspiel, das sich ihm bot. Der See war da, vollkommen rund lag er auf dem Grund eines Talkessels; ein See mit ruhigem blaßviolettem Wasser, in seiner Mitte eine Insel in Form eines Altars. Aber das Ungewöhnlichste waren die Terrassen! Stufenweise erhöhte Steinbänke, konzentrisch zum See, wie um eine Arena.

Er fuhr auf, als er Cyrils Stimme hörte, der nun auch erwacht war:

»Das ist vielleicht eine Naturkulisse«, sagte Cyril mit unsicherer Stimme.

»Das soll Natur sein? ... Du schläfst wohl noch, alter Junge.«

Cyril machte eine bestürzte Miene:

»Ich habe vulkanische Felsterrassen gesehen, die noch viel regelmäßigere Stufen hatten.«

»Und das da ist wohl eine vulkanische Fantasie?« fragte Damien ironisch, indem er auf ein Relief in einigen Metern Entfernung wies.

Sie standen auf und näherten sich dem Stein, der halb aus der Erde ragte und sich über den Abgrund neigte. Er stellte einen feuerspeienden Drachen dar, dicht umgeben von kleinen Palmen. Sie tranken nochmals aus der Quelle. Damien wollte Cyril stützen, aber der Verletzte fühlte sich bereits viel besser.

Im Dämmerlicht des roten Mondes stiegen sie zum See hinab.

Als sie an der untersten Terrasse angelangt waren, erschien ihnen der See viel größer. Er war ihnen auch ruhig, wie gefroren erschienen, doch jetzt aus der Nähe sah man langsam dahinrollende Wellen, die schwerfällig die Ufersteine beleckten.

Die beiden Männer gingen am linken Uferrand entlang. Stellenweise mußten sie über breite Spalten der herumliegenden Felsblöcke springen, denen ein süßlicher Feuchtigkeitsgeruch entströmte.

»Noch eine geologische Fantasie?« spöttelte Damien, auf einen Ring weisend, an dem eine verrostete Kette hing.

Jedes Kettenglied stellte einen sich in den Schwanz beißenden Drachen dar. Damien bückte sich und zog mit aller Kraft an der Kette, deren anderes Ende sich im See verlor. Das Metall rieb knirschend an den Ufersteinen. Der junge Mann zog noch fester, aber seine Hände glitten an dem schleimigen Algenbelag auf der Kette ab. Cyril kam ihm zu Hilfe.

Indem sie ihre Füße gegen einen Spalt stemmten, zogen sie mit vereinten Kräften. Etwas auf dem Seegrund gab nach, so daß sie fast rückwärts fielen. Ein Wirbel entstand, und eine undeutliche Form tauchte aus dem Wasser.

»Das ist sicherlich ein Boot«, sagte Damien.

Zehn Meter vom Ufer entfernt tauchte ein breiter dreieckiger Gegenstand auf, der wie ein Brett durch das Wasser glitt.

Sie konnten das Ding ans Ufer ziehen. Es war kein Brett, sondern ein riesengroßer Knochen in Form eines Schulterblatts von drei Metern Länge.

Das letzte Glied der Kette war an einen Knochenfortsatz in Form eines Schiffskiels festgeschmiedet.

»Ich glaube, wir brauchen diesen Drachen nicht mehr zu fürchten«, sagte Damien.

»Ein Drachen? Glaubst du . . .?«

»Ich weiß nicht. Ich hätte Lust, mir die Sache aus der Nähe anzusehen.«

»Du willst doch nicht etwa tauchen?«

Damien bejahte und begann sich auszuziehen. Er zog seine Stiefel aus; unter seinen nackten Füßen fühlte er die warmen Steine. Er zog den Riemen seines Sturzhelmes fester und knipste die Lampe an. Er tauchte.

Das Wasser erschien ihm herrlich, wie das in einer Badewanne. Es erschien rosig im Schein seiner Lampe und violett um ihn herum. Er schwamm in die Tiefe und erreichte den Sandboden. Weiter vorn fiel der Boden steil ab ins Dunkel. Er ging noch tiefer. Sein Körper wurde von einem hin und her wogenden Algenfeld sanft gestreichelt.

Endlich sah er die Formen eines zerfallenen riesigen Skelettes. Ein ungeheuer großer Schädel lag auf dem Boden. Winzige Fische flüchteten sich in die Augenhöhlen des Drachen. Wie der Rammsporn eines Dreiruders lag der zahnbewehrte Schnabel inmitten einer sich bewegenden Pflanzenwiese.

Damien schwenkte ein wenig zur Seite, setzte den Fuß auf eine Knochenkante, stieß ab und ließ sich zwischen die Rippen des gewaltigen Rumpfes treiben. Etwas entfernter lagen Wirbelknochen, aufgereiht wie gestürzte Knochensäulen. Als die Atemluft zu Ende ging, stieg er wieder zur Oberfläche empor.

Cyril sah seinen Kopf in etwa dreißig Meter Entfernung auftauchen.

»Na und?«

Keuchend rieb sich Damien mit beiden Händen die Augen und rief: »Warte, ich gehe nochmals hinunter!«

Er atmete ganz tief ein und verschwand wieder. Cyril sah nur noch einen Augenblick lang seine Beine, dann sich im Wasser erweiternde Kreise und ein sich unter Wasser entfernendes Licht.

Er setzte sich auf den Rand des riesigen Schulterblatts und spürte ein eigenartiges Schwindelgefühl, das er seiner Ermüdung zuschrieb. Er zwinkerte mehrmals mit den Augen und fuhr sich mit der Hand über die Stirn, ohne jedoch die hartnäkkige Blendung loszuwerden, die das Wasser uner einer unnatürlichen Sonne gleißen ließ. Verwirrt schreckte er hoch und glaubte verrückt geworden zu sein . . .

Der See glitzerte tatsächlich in einem warmen Licht. Es war heller Tag, und die Steinbänke waren von einer erregten Menge besetzt, die in seine Richtung gestikulierte.

Cyril fühlte sich bedroht, wich einen Schritt zurück und suchte in seinem Gürtel nach einer Waffe. Da bemerkte er jedoch, daß sich die Menge nicht um ihn kümmerte, sondern alle Blicke auf einen Punkt rechts von ihm gerichtet waren. Er sah etwa zwanzig muskulöse Männer an der am Ufer befestigten Kette ziehen. Er richtete seinen Blick zum See – und sah den Drachen!

Das Tier saß auf der Insel und widerstand dem Zug der Kette. Wütend schlug es mit den Krallen auf die Steine und schien zum Himmel hinauf zu brüllen. Aber Cyril hörte nichts, weder den Aufruhr und die Schreie der Menge noch das Gebrüll des Ungeheuers. Er schüttelte den Kopf, rieb sich die Ohren. Seine Aufmerksamkeit wurde jedoch zur gleichen Zeit auf ein anderes unheimliches Phänomen gelenkt: Das Schulterblatt war verschwunden, der Uferdamm schien neuer, die Steine weniger abgenutzt zu sein.

Verblüfft drehte er sich um und stieß dabei an etwas. Seine Hand ertastete den Rand des Schulterblatts, er spürte unter seinen Fingern die Oberfläche des Knochens. Das Schulterblatt war immer noch da, aber er sah es nicht. Dann entdeckte er, daß er selbst unsichtbar war. Seine Hände glitten über seinen Körper, er spürte den Stoff seiner Hose, seiner Jacke, seinen Gürtel . . . Aber es war ihm unmöglich, dies auf andere Weise festzustellen . . . Seine Zähne schlugen vor Entsetzen aufeinander.

Währenddessen fuhren die Männer fort, an der Kette zu ziehen, ohne sich um ihn zu kümmern. Erregte Zuschauer stiegen von den Bänken herunter und halfen ihnen.

Der Drache schien zu leiden. Er biß sich in die Schulter, da, wo das letzte Kettenglied befestigt war. Er rollte sich auf den Rücken, überschlug sich in einer mächtigen Verrenkung und verschwand im Wasser in einem Wirbel von Gischt. Man sah noch seinen gehörnten Kopf und den langen Knochenkamm seines Rückens im Wasser davongleiten.

Cyril entdeckte nun, daß noch weitere Ungeheuer im See herumschwammen. Er sah eigenartige Schiffe mit scharf zugespitztem Bug aus einer Art Kanal herauskommen. Jedes war mit ungefähr fünfzig Ruderern besetzt, und sie gingen gegen die Ungeheuer vor.

Es entbrannte eine Schlacht, den Legenden der Antike würdig. Die Rammsporne der Schiffe rissen den Schuppentieren die Flanken auf, riesige Kinnbacken zertrümmerten die Reihen der Ruderstangen wie Zündhölzer, während die vom Blut geröteten Wellen treibende Holzstücke und Schuppen ans Ufer warfen.

Cyril sah ein Kind, nackt und gebräunt, von den Terrassen springen, sich am Ufer auf den Bauch legen und einige der großen grünlichen Schuppen herausangeln. Es ließ sie geschickt übers Wasser springen. Lachend streckte es seine nassen Arme, wurde jedoch in dem Moment von seiner Mutter unter Schelten und Schlägen zurückgeholt. Und plötzlich hörte Cyril Damiens Stimme laut rufen:

»Cyril, wo bist du?«

Cyril blickte forschend in das blutige Wasser und schrie nun seinerseits, wie um den Lärm, der gar nicht existierte, zu übertönen:

»Ich bin immer noch am selben Ort!«

Die Stimme von Damien kam vom See her:

»Ich sehe dich nicht!«

»Hier, neben der Kette!«

Ständig rufend versuchte er seinen Kameraden ausfindig zu machen. Verwirrt durch das Schauspiel beschloß er die Augen zu schließen, um der ungeheuren Sinnestäuschung zu entgehen. Die Methode hatte Erfolg. Obwohl blind, befand er sich doch wieder in der Wirklichkeit. Er hörte, wie Damien mit kräftigen Schwimmstößen auf ihn zukam, und rief ihm zu:

»Mach die Augen zu! Alles, was du siehst, ist gar nicht wirklich!«

Er tastete herum, und es gelang ihm, Damien durch Klirren mit der Kette an der Ufermauer zu seinem Standort hinzulenken. Nahe herangekommen, verlangte die Stimme Damiens, ihm zu helfen. Er ließ die Kette fallen und beugte sich mit ausgestreckten Armen nach vorn.

»Hier, hier«, sagte er, »nimm meine Hand!«

Beinahe wären sie beide ins Wasser gefallen. Es gelang Damien jedoch, sich herauszuziehen. Cyril spürte die Berührung mit dem tropfnassen Körper, während Damien keuchte:

»Wir dürfen uns nicht loslassen!«

Als sie die Augen wieder öffneten, sahen sie eine Galeere mit hohem Vordersteven in voller Fahrt vorbeifahren. Blutiger Schaum bedeckte den Rumpf und die Ruder. Plötzlich schwenkte die Galeere zur Seite, und sie sahen den Drachen, der am Heck steuerbords seine mächtigen Hauer in den hölzernen Rumpf geschlagen hatte, während die Männer sich gegen die langen Lanzen stemmten, die im Rücken des Tieres steckten.

Eine enorm hohe Welle rollte wie in Zeitlupe ans Ufer und versprühte im Sonnenlicht explosionsartig am Kai.

Die Illusion war so stark, so packend, daß die beiden Männer zurückwichen und meinten, den Aufprall der Woge auf den Steinen zu hören, die Feuchtigkeit auf ihrer Haut zu spüren und den Geruch von Blut und Salzwasser wahrzunehmen. Sie hörten einen Augenblick lang das Knirschen der elfenbeinernen Fangzähne in den Planken, die Schreie der Männer und das Schlagen der Ruder.

Damien faßte sich zuerst:

»Bei Gott«, murmelte er, »es ist ja wie im Kino. Deshalb können wir die Wirklichkeit nicht sehen! Lassen wir lieber die Augen zu, sonst sehen wir Dinge, die wir uns nicht zusammenreimen können.«

»Hier in der Nähe muß es eine Ruinenstadt geben«, sagte Cyril. »Diese Menschenmenge muß doch von irgendwoher gekommen sein.«

»Du meinst also auch, daß es sich um Bilder der Vergangenheit handelt!«

Mit geschlossenen Augen, ratlos, hielten sie sich aneinander fest. Damien stieß ein paar Flüche aus, die vielleicht ein gutes Mittel waren, den Teufelsspuk aus ihren Gehirnen zu vertreiben, warum nicht! Er konnte sich wieder soweit fangen, um einen Entschluß zu fassen.

»Höre«, sagte er, »ich habe links von hier in ungefähr zwanzig Metern Entfernung einen Ausgang entdeckt.«

Ohne sich loszulassen, gingen sie Schritt für Schritt darauf zu. Abwechselnd öffneten und schlossen sie die Augen für die Vergangenheit oder die Gegenwart. Der Weg war beschwerlich. Sie schritten über nicht mehr vorhandene Terrassen, deren Steine ihnen bis an die Hüften reichten. Als ein lautlos schreiender Mund mit schwarzen Stummelzähnen Damien streifte, wandte er angewidert sein Gesicht ab. Gleich darauf versuchte er instinktiv den Angriffen eines Athleten auszuweichen, dessen Fäuste ihm durch den Körper drangen. Cyril hatte mehr Glück. Mit Vergnügen blieb er stehen, als seine Nase bis auf wenige Zentimeter zwei reizenden weiblichen Knien nahe kam, aber Damien zog ihn weiter mit der Bemerkung, ihm liege nichts daran, wegen eines schönen Mädchens zehn Minuten zu verlieren. Standhaft schloß Cyril die Augen, aber Sonnenflekken und sich bewegende Schatten drangen weiterhin durch seine geschlossenen Augenlider.

Dann wurde es plötzlich dunkel, und Damien erklärte, sie befänden sich im Tunnel.

»Aber ich habe das Gefühl, der Ausgang ist zu. Und doch . . .«

Damien öffnete die Augen und sah, daß der Gang schräg nach oben führte und ungefähr dreißig Meter lang war. Am anderen Ende sah man den blauen Himmel und eine Palme, die sich im Winde wiegte. Er versuchte einen unsichtbaren Stein wegzuschieben. Als er an seinen Beinen einen Luftzug verspürte, ließ er sich auf alle viere nieder.

Er fand einen freien Durchgang und zog Cyril mit sich. So krochen sie einige Minuten lang tastend auf Händen und Füßen weiter, sich Ellbogen und Knie aufschürfend.

Damien glaubte über sich Leere zu spüren und hob den Kopf, aber sein Helm stieß mit einem dumpfen Geräusch an die Felsdecke. Seine Ungeschicklichkeit bewirkte ein unterdrücktes Lachen. Ein Chor von Stimmen . . .

Die beiden Männer erstarrten. Es kam ihnen vor, als ob sie in ihrer Blindheit von einem Dutzend schadenfroher Mädchen beobachtet würden. Damien legte sein Kinn auf den Arm und blieb ein paar Minuten lang in dieser Stellung, während sich der harte Kies in seinen Arm eingrub und ihm am ganzen Körper die spitzen Steine zu schaffen machten. Hinter sich hörte er Cyril schwer keuchen. Das Bild des Ausgangs war verschwunden, und es herrschte tiefste Finsternis. Damien erinnerte sich an die Lampe an seiner Stirn und versuchte sie einzuschalten, aber ohne Erfolg. Lautes Gekicher quittierte seinen Mißerfolg. Er fuhr sich mit der Zunge über die Lippen und fragte dann langsam und deutlich:

»Wer seid ihr?«

Keine Antwort, nur ein erregtes Flüstern von irgendwoher.

»Wo seid ihr?«

Schweigen . . . Aber eine Hand streichelte ihm plötzlich zart über das Gesicht, zweifellos zum Spott, denn als er eine Bewegung machte, die Hand zu fassen, war sie weg, und das Gelächter war noch lauter als zuvor.

Endlich sagte eine Stimme: »Ich werde vorauskriechen, um dich zu führen, Fremdling.«

»Wo bist du?« fragte Damien, indem er die Hand vorstreckte.

Er berührte etwas Lebendiges und zuckte zurück. Dann erfaßte er einen Fuß; einen weiblichen Fuß, nach der Zartheit und Weichheit der Haut zu urteilen.

»So ist es recht«, sagte die Stimme, »halte dich fest und folge mir!«

Ihr Vorwärtskommen wurde nun leichter, und sie kamen bald in einen größeren Raum, in dem sie sich kniend aufrichten konnten. Die Stimme sagte:

»Jetzt kannst du mich loslassen. Drei Armlängen vor dir ist der Weg frei.«

Damien grinste hinterlistig. Er zog an dem zarten Fußgelenk und erfaßte die Wade, aber ein kräftiger Fußtritt mitten ins Gesicht ließ ihn loslassen.

Wieder war Lachen zu hören, das sich in der Ferne verlor.

»Sind sie fort?« flüsterte Cyril.

»Ich glaube nicht . . . wenigstens nicht alle.«

In der Dunkelheit glaubte er jemanden zu spüren, einen vorsichtig zurückgehaltenen Atem zu hören. Er stürzte nach vorn, fiel jedoch auf den Bauch, nachdem er mit seinen Fingern eine fliehende nackte Schulter berührt hatte.

Schritte entfernten sich nach links. Die Stimme sagte:

»Geht geradeaus weiter, Fremdlinge. Wenn ihr draußen seid, tretet in den Tempel.«

Es waren noch einige leise Geräusche zu hören, die nach und nach erstarben.

»Jetzt ist sie fort«, sagte Damien.

»Wer ist das, ›sie‹?«

»Wie soll ich das wissen? Ich denke, es ist eine Frau. Ich habe sie berührt, die Stimme war die einer Frau, aber nichts sagt mir, ob sie nicht den Kopf eines Vogels oder mitten auf der Stirn ein Horn hat. Befolgen wir ihren Rat und gehen wir hier hinaus. Vielleicht hat sie uns eine Falle gestellt, aber das wäre ja für uns nicht das erste Mal.«

Sie tasteten sich auf dem unebenen Boden weiter, und plötzlich wurden sie von der Sonne geblendet!

Blinzelnd blieben sie einen Augenblick lang auf der Schwelle stehen und sahen vor sich einen großen Platz, der von einer bunten Menschenmenge gefüllt war. Die meisten der Leute trugen nur eine farbige Tunika und Sandalen. Einige Männer hatten ihren Oberkörper entblößt. Alte Leute waren in lange weite Togas gehüllt.

Etwa zehn Meter zu ihrer Rechten sahen sie den Tunneleingang, der zur Arena führte. Ein Kind mit einem Korb voller Kuchen schien laut zu rufen, um die Vorübergehenden auf seine Ware aufmerksam zu machen.

All das glich einem grandiosen Film, der eine Tonstörung hatte.

Paläste säumten den Platz mit prächtigen Arkaden. Ein Gebäude, größer als alle anderen, reckte seine dreieckige Front in das Blau des Himmels.

»Das ist sicher der Tempel, von dem sie gesprochen hat«, sagte Damien.

»Cyril?«

»Ja, ich bin hier . . .«

Sie fanden einander, und Hand in Hand überquerten sie das Forum, indem sie wie Phantome durch die Körper der Leute hindurchgingen.

Es kam vor, daß sie über unsichtbare Hindernisse stolperten oder vorsichtig um eine nicht vorhandene Säule oder ein Denkmal herumgingen . . .

Und plötzlich wechselte das Licht mehrmals – Schatten und Sonne, Schatten und Sonne – in einem ungewöhnlich starken Kontrast, bevor es der Nacht der Gegenwart wich.

Sie waren wieder in der Wirklichkeit. Eingerahmt durch eine Säulenhalle, versank der imposante rote Mond am anderen Ende des Horizonts und hob die Konturen der toten Stadt schwarz und blutig hervor.

Da und dort ragte der Säulenstumpf eines Palastes aus dem Sand, ein Sockel mit dem Bein einer zertrümmerten Statue oder mit einem Torso, das Schwert noch gegen die Sterne erhoben, als ob sie sich irgendeiner Gottheit zum Opfer darbringen wollten.

Das alles erschien auf dem mit Quadersteinen belegten Forum wie eine riesige Schachpartie, seit Jahrhunderten wegen eines unlösbaren Problems unterbrochen.

Schwankend überquerten die beiden Männer den Platz und stiegen die einhundert Stufen zum Tempel empor. Sie gingen zwischen den Säulen hindurch, die die Front trugen, und sahen, daß die Fassade des Tempels sich erhob wie eine unnütze Theaterdekoration. Hinter ihr war alles verschwunden. Zögernd näherten sie sich einem leeren Vorplatz, dessen Plattenbelag in verschiedenen Farben noch den Plan der alten Säle zeigte.

Sie schraken auf, als sich ihnen plötzlich das Geräusch zahlloser nackter Füße näherte, und sie sich von Anwesenden umringt fühlten.

Eine Stimme sagte:

»Geht durch den mittleren Gang bis zum Altar.«

Begleitet vom Geräusch der nackten Füße auf dem Steinboden betraten sie einen mit schwarzen und goldenen Platten belegten Weg und gelangten zum Altar, einem einfachen Steintisch, getragen von vier Löwentatzen.

»Wendet euch nach links und geht in den violetten Saal.«

Sich auf die Farbe der Steinfliesen verlassend, befolgten sie den Befehl, der sie unsinnigerweise zwang, die Umwege eines Irrgartens mit nicht vorhandenen Mauern zu machen.

Nicht vorhandene Mauern? . . . Damien strauchelte seitwärts und konnte gerade noch einen Sturz vermeiden, indem er sich mit der Hand in der Leere abstützte! Die Mauern waren da, unsichtbar! Trunken vor Müdigkeit, überkam Damien eine Erleuchtung. Es wurde ihm klar, daß sie zuerst durch das Sehen in die Vergangenheit eingetreten waren (der See, die Drachen), nicht aber durch den Tastsinn (die Schwierigkeit, aus der Arena herauszukommen); und jetzt waren sie mit diesem in der Vergangenheit, nicht aber mit dem Gesichtssinn . . . Er begriff dies alles blitzartig durch – so schien es ihm – reine Intelligenz, eine Intelligenz, die unbehindert war durch die Kompliziertheit der Worte. Und er wußte, daß sie sich bald mit allen Sinnen in der Vergangenheit befinden und sich vervollkommnen würden. Diese Gewißheit erschien ihm so schön wie eine Läuterung.

Er fühlte sich erhaben, weil er eine sehr, sehr schwierige Sache verstanden hatte. Er war nicht von seinem taumelnden Körper gedemütigt und nicht von seinem hängenden Kopf mit dem erloschenen Blick. Sein Körper? War er denn so wichtig? Er, Damien, war viel bedeutender als sein Körper; er war unermeßlich! Er überragte die ganze Szene um hundert Armlängen; seine Lippen verzogen sich zu einem herablassenden Lächeln. Er schwebte hoch oben und sah von dieser Höhe aus die Fassade des Tempels und den großen verlassenen Vorplatz mit den bunten Steinfliesen wie einen Tisch für ein Spiel, dessen Regeln er beherrschte, und auf dem zwei kleine folgsame Silhouetten mechanisch zehn Schritte vorwärts gingen, dann zwanzig Schritte seitwärts, drei nach links . . . wie um eine Zeremonie zu respektieren; zwei gehorsame, etwas betrunkene Bleisoldaten, die einander stützten . . . »Vorwärts, eins zwei, eins zwei, eins zwei, ganze Abteilung . . . Halt! Halbe Schwenkung rechts . . . Marsch! Geradeaus . . . Marsch! Eins zwei, eins zwei . . .«

. . . Zwei kleine, so kleine Bleisoldaten auf diesem großen Kriegsspieltisch, so klein vor ihren so langen Schatten, in die Länge gezogen durch das Licht des roten Mondes, der majestätisch hinter einem hohen Wald zerbrochener Säulen unterging, unterging und dann verschwand, um der Nacht Platz zu machen!

». . . Halt!«

Als wenn nur das rote Licht ihn bisher aufrecht gehalten hätte, fühlte Damien sich mit der Nacht fallen. Erzengel mit gebrochenen Flügeln, stürzte er in einen schwarzen Abgrund und kehrte in seinen wesenlosen, vom Schlaf überwältigten Körper zurück, neben dem von Cyril, auf dem Boden eines dunklen Saals.

». . . *Da es Vestas Schülerinnen verboten ist, die Heiligen Formeln ohne besondere Erlaubnis für Zukunftsspiele zu gebrauchen, sind die Schuldigen vom großen Priester zu zwanzig Peitschenhieben verurteilt worden, mit nachfolgendem Ausschluß aus dem Tempel.*

Auf Fürsprache der Vestalinnenmutter und in Anbetracht dessen, daß es ihnen gelungen ist, zwei Männer aus der Zukunft zu holen, deren Kenntnisse unsere Wissenschaft berei-

chern werden und uns somit Jahrhunderte gewinnen lassen, das Schicksal unseres Planeten günstig zu beeinflussen und die Große Katastrophe, deren Datum von unseren gelehrten Propheten festgelegt worden war, zu verhindern und nach deren neuen Berechnungen unsere Kultur um Jahrtausende zu verlängern, werden die Schuldigen begnadigt.«

Gérard Klein

Die Städte

Die Maschine streifte umher, unermüdlich. Der Wind rüttelte an den Antennen, die Sonne verfärbte die Blätter der Bäume, verzehrte die Farbe der Fensterläden. Die Zeit ließ die Menschen dahinwelken und die Stadt in Schlaf versinken, aber die Maschine streifte umher, ewig. Sie durchstreifte die langen, ausgedörrten Straßen, Tag um Tag, Nacht um Nacht, und fragte die wenigen Passanten: »Wer sind Sie? Ihr Name? Ihre Adresse? Was machen Sie hier? Zu dieser Stunde?« Sie grüßte die Einwohner. Sie drang in die Häuser ein, geräuschlos, unerfaßbar, und durchsuchte sie. Sie bewachte und schützte die Stadt. Sie desinfizierte peinlich genau und zerstörte mit schicksalhafter Miene alles, was nicht von der Stadt war. Sie schweifte umher und suchte, zwischen den Grünanlagen und den schattigen Kastanienbäumen, in den kühlen Höfen und den abgeschlossenen Wohnungen die Spione von den anderen Städten, die Fremden.

Ferrier saß auf seinem Rasenplatz, dachte an nichts, beobachtete nichts. Aus seinem Haus, aus allen Häusern drangen seltsame Klänge, eine süße, getragene Musik, ausgewalzt, widerlich. Am Nachmittag flüchtete Ferrier vor seinem Radioapparat und seinen Bildschirmen. Hier drang der Ton nur abgeschwächt durch die dicken Wände zu ihm, aber er blieb, durchtränkte die Luft wie ein alles durchdringender Geruch.

Ferrier sah jemanden kommen, den er nicht kannte. Das kam selten vor.

»Guten Abend«, sagte der Unbekannte.

»Guten Tag«, sagte Ferrier mit rostiger Stimme. Seit langem hatte er so etwas nicht mehr gesagt. Er reichte dem Mann einen Finger.

»Sie leben nicht hier in diesem Viertel? Ich kenne Sie nicht.«

»Ich bin nicht aus dieser Stadt.«

»Oh . . .« Eine Pause trat ein. »Sie sind ein Fremder.«

»Nicht ganz. Meine Stadt ist nicht so weit weg. Ich spreche dieselbe Sprache wie Sie. Wir leben im selben Land.«

»Was bedeutet denn ein Land«, sagte Ferrier schulmeisterlich, »außer alter Geschichte? Früher gab es Länder und Weltreiche. Aber nun leben wir im Zeitalter der Städte. Man muß allem mißtrauen. Vor allem den anderen Städten. Dem Himmel sei Dank, daß wir uns selbst genug sein können. Sie sind doch wenigstens kein Spion?«

»Ich glaube nicht. Ich gehe einfach spazieren. Auf den Straßen. Wissen Sie, daß die Straßen zwischen den Städten in sehr schlechtem Zustand sind?«

»Das überrascht mich nicht.«

»Und daß auf ihnen früher Tausende und aber Tausende von Menschen und schnellen Autos verkehrten?«

»Früher.«

»Ich würde es gerne wie sie machen. Ich würde gerne andere Städte, andere Orte kennenlernen. Aber die Städte sind nicht das Interessanteste. Was mich begeistert, sind die Stunden und Tage des Wanderns zwischen den Städten. Sind Sie schon einmal über Gras gelaufen? Haben Sie Ameisen flüchten und Heuschrecken vor Ihren Schuhspitzen davonspringen sehen?«

»Ich . . . ich weiß nicht.«

»Die Städte sehen eine wie die andere aus. Sie haben die gleichen kleinen Straßen, die von den gleichen vertrockneten und verkümmerten Bäumen gesäumt sind, und auf ihren Dächern ist überall der gleiche Antennenwald gewachsen. Sie haben jede ihre eigene Kuppel. Und in jeder ist die gleiche Maschine, die den Auftrag hat, auf alles Fremde Jagd zu machen. Sogar die Einwohner gleichen sich. Haben Sie eine Maschine hier?«

»Natürlich. Das ist absolut notwendig. Wir sind sehr stolz auf unsere Maschine. Nichts kann ihr entkommen. Sie müssen sich beeilen, wieder wegzugehen. Es ist vielleicht schon zu spät.«

»Aber ich habe doch nichts Schlechtes vor.«

»Sie sind ein Fremder.« Ferrier verzog die Lippen. »Ich glaube nicht, daß Sie ihr entkommen werden. Sie ist in einer extremen Weise vollkommen. Sie kennt alle Einwohner bei ihrem Namen. Sie kann sich nicht irren. Sie hat ein erstaunliches Erinnerungsvermögen. Wenn sie jemanden trifft, weiß sie sofort, ob es ein Freund oder ein . . . Fremder ist.«

»Sie finden das nicht gefährlich?«

»Gefährlich? Nur für die Fremden.«

»Wenn sie sich nun irrte? Wenn sie Sie eines Tages für einen Fremden halten würde?«

»Sie würde mich töten. Aber sie kann sich nicht irren.«

»Auf Wiedersehen. Ich habe mich sehr gefreut, daß ich einen Augenblick mit Ihnen sprechen konnte.«

»Ich auch. Viel Glück.«

»Warum habe ich ›Viel Glück‹ gesagt«, überlegte Ferrier. »Er kann ihr nicht entkommen. Er kann nicht. Er hat überhaupt keine Chance.«

Die Augen halb geschlossen, überlegte er:

Ich frage mich, was er damit sagen wollte: ›zwischen den Städten‹. Es gibt nichts zwischen den Städten. Vielleicht sieht man von einem Hügel aus im ganzen Umkreis des Horizonts die Städte mit ihren rosigen leuchtenden Kuppeln und wird im Aufzucken eines Blitzes die metallischen Reflexe der Maschinen gewahr, die umherstreifen, Polizeidienste leisten und Spione suchen. So muß es wohl sein.

Er sah einen Lichtpunkt auf der Mauer gegenüber tanzen. Die Maschine bog in die Straße ein. Er zitterte: *Wenn sie mich nun vergessen hat. Wenn sie sich doch einmal irrt. Wenn sie nicht weiß, daß ich ein Bürger bin.*

Die Maschine untersuchte ihn. Schweiß tropfte von Ferriers Stirn, als sie seine Maße prüfte.

Wenn sie mich für einen Fremden hält.

»Guten Tag, Herr Ferrier«, sagte sie endlich.

»Guten Tag.« Seine Hände entspannten sich, und seine Finger hinterließen auf seiner rosigen Handfläche weiße Eindrücke.

»Es wird schön heute abend, Herr Ferrier«, sagte die Maschine.

»Sicher«, sagte er. *Wie habe ich auch nur einen Moment lang etwas so Lächerliches denken können*, sann er nach.

»Ich suche einen Fremden, einen Spion«, sagte die Maschine. »Ich weiß, daß er in der Stadt ist. Er ist gerade hier vorbeigekommen. Haben Sie ihn nicht gesehen?«

»Ich habe ihn gesehen. Ich habe ihn eben getroffen. Wir haben sogar einige Zeit miteinander diskutiert.«

»Das war Ihr gutes Recht. Wohin ist er gegangen?«

»Das herauszufinden, ist Ihre Aufgabe.« Er zögerte, sah dann die Maschine an und zeigte mit ausgestrecktem Arm sehr schnell zum Ende der Straße hin. »Er ist weggegangen. In dieser Richtung.«

»Ich danke Ihnen sehr für Ihre Hilfe, Herr Ferrier«, sagte die Maschine. »Die Stadt möge sich Ihnen dafür erkenntlich zeigen. Seien Sie beruhigt. Er wird mir nicht entkommen.«

Sie rollte weiter. Ihre Räder knirschten, und ihre Gliedmaßen bewegten sich geschmeidig und exakt.

Verraten. Heißt man das nicht verraten? fragte sich Ferrier mit schiefem Lächeln. *So sollte man aber nicht darüber sprechen. Kann man denn einen Fremden verraten, indem man ihn einer Maschine ausliefert, die zur Aufgabe hat, dich zu verteidigen, dich selbst und deine Stadt? Ein Fremder. Die Maschine meiner Stadt.*

Er senkte den Blick und betrachtete das hohe Gras. Er hörte den Sand knirschen, als die Maschine umdrehte und bremste. Eine Kurve. Nach rechts, nochmals nach rechts. Um den Häuserblock herum. *Kommt sie hierher zurück? Ist er entkommen? Das ist nicht möglich. Das wäre fürchterlich. Wir wären schlecht verteidigt.*

Dann hörte er ein leises Schlürfen, ein vollkommen unbekanntes, fremdes Geräusch. Wie das Zirpen eines Insekts.

Übertönte das dumpfe Scharren der Maschine. Hinterließ in der Stille unregelmäßige Spuren. Die Schritte eines Menschen.

Sie kommen nach hier zurück. Hoffentlich . . . hoffentlich passiert es nicht in dieser Straße, vor mir.

Die Straße war zu sauber und zu hell. Die Bäume waren zu sehr gepflegt und die Blätter zu glänzend.

Die Geräusche erstarben. Mensch und Maschine waren kurz vor der Ecke stehengeblieben.

Sie waren unsichtbar, aber Ferrier hörte die barschen Fragen der Maschine und das zögernde Scharren der Füße des Fremden auf dem Zement.

»Wie ist Ihr Name? Sie sind ein Fremder. Was haben Sie in dieser Stadt vor?«

»Nichts. Ich ging spazieren. Ich kam vorbei.«

»Haben Sie denn keine Stadt? Sind Sie ein Landstreicher?«

»Nein. Ich habe eine Stadt. Hinter den Hügeln. Aber ich wollte nicht länger dort bleiben. Ich glaubte, es wäre hier anders.«

»Wußten Sie nicht, daß es verboten ist, diese Stadt zu betreten?«

»Ich wußte es. Ich habe die Anschläge gelesen. *Für Fremde verboten.*«

»Und da ist noch etwas«, sagte die Maschine.

»Ich weiß.« Ferrier nahm ein ganz schwaches Zittern in der Stimme des Fremden wahr. »*Unter Strafe . . . unter Todesstrafe.*«

»Haben Sie noch etwas zu sagen?«

»Warten Sie. Sind Sie eine selbständige Maschine?«

»Ich bin eine selbständige Maschine.«

»Niemand lenkt Sie?«

»Niemand.«

»Es gibt also keinen Menschen, der mit Ihrer Stimme spricht und mit Ihren Ohren hört?«

»Niemand.«

»Keinen Menschen, der Sie aufhalten, der Sie ändern kann?«

»Nein. Ich verteidige diese Stadt. Ich bin unsterblich. Wer könnte mich anhalten wollen außer Feinden?«

»Dann habe ich nichts mehr zu sagen. Es ist zu spät.«

»Gut. Sind Sie bereit?«

Stille.

»Wenn wenigstens ein Windstoß käme, der die Fensterläden knarren, die Blätter der Bäume rascheln ließe«, seufzte Ferrier.

»Ich glaube, ich bin bereit.«

Ferrier hörte den kurzen Feuerstoß. Im Geiste sah er den Feuerstrahl, die verkohlten Überreste, die Asche, weggeblasen, durch die Luft gewirbelt. Das hatte nichts Erschreckendes an sich.

»Sauber«, sagte er, und noch mal: »Sauber.« Sein Mund war trocken. »Es war seine Schuld. Es war allein seine Schuld. Wie kann man auch auf die Idee kommen, seine Stadt zu verlassen, sich in die Höhle des Löwen zu begeben? – Schade, es war ein netter Junge. Aber es ist ihm recht geschehen. Ein Spion. Warum nicht ein Spion. Oder noch schlimmer, ein Landstreicher.«

Die Maschine kam an ihm vorbei, eilig.

»Guten Tag, Herr Ferrier«, sagte sie.

»Guten Tag«, antwortete er mechanisch. Er sann nach: *Es gibt nichts zu bedauern. Das konnte nicht anders ausgehen. Lächerlich. Lächerlich . . .*

Er nahm sein Glas vom Tisch und starrte auf das Eis, das sich langsam auflöste. Ein funkelndes Teilchen, voller Sonne, das kein Halten kennt. Zerschmolzen, bevor es zur Ruhe kommt. Wie jemand, der auf verlassenen Straßen wandert und weder Stadt noch Haus hat.

Ein Blitz und ein glutheißer Wind jagten über die Stadt.

»Eine Bombe«, sagte Ferrier laut. »Eine Bombe. Nun, es ist

ja wahr, es ist Krieg. Aber seit Jahren ist nichts passiert. Es ist ein Krieg für immer und ewig.«

Kein Rauch. Keine Flammen.

»Ich glaube, das war ein Blindgänger«, sagte er. »Warten wir die nächste Bombe in zehn Jahren ab.« Er seufzte. »Sie haben es immer auf die Kuppel abgesehen. Sie hoffen, daß sie das Gehirn der Stadt und das Leben der Stadt zerstören können. Es scheint, als ob es im Innern der Kuppel einen Haufen Magnettrommeln und Magnetbänder gibt. Das Gedächtnis. Das gigantische elektronische Gedächtnis der Maschine. Alle Namen, alle Altersangaben, alle Körperformen, alle Gerüche, alle Maße, alle Gesichter der Einwohner der Stadt. Eine ganze Stadt registriert, eingeprägt, geronnen in magnetisch ausgerichteten Eisenkristallen und Eisenmolekülen. Was kein menschliches Auge entziffern kann. Das absolute Geheimnis. Ein Krieg von Maschinen zwischen den Städten.«

Sein Blick folgte dem sanften Bogen der Kuppel. »Niemand, niemand ist seit Jahren, seit einhundert Jahren da eingedrungen. Seit wieviel Jahren leben diese Kuppeln ihr geheimes Leben? Eine Generation. Drei Generationen. Seit jeher. Ich frage mich, ob . . . ob wir auch Bomben werfen und ob wir auch auf die Kuppeln zielen. Und ob manchmal Städte zerstört werden und ob es manchmal Überlebende gibt, ohne Stadt, ohne Maschine, um sie zu schützen. Das muß schrecklich sein.«

Am folgenden Morgen nahm er hastig sein Frühstück ein. Er lebte allein. Als er seine Tasse leerte, hörte er Lärm und Schreie im Nachbarhaus. Dann Stille. Er sah die Maschine verstohlen aus einem geöffneten Fenster herauskommen.

»Sonderbar«, sagte er.

Plötzlich wurde ihm klar, wie entfernt und wie fremd ihm die Nachbarn waren. Unbekannte. Weiter entfernt und unzugänglicher als der Mann von der anderen Stadt. Er ging hinaus und setzte sich auf den Rasen. Er hörte das Knirschen der Maschine. Die metallische Stimme der Maschine rief ihn an.

»Kommen Sie heraus.«

Er erhob sich. Er drehte sich um und blickte in die roten unbeweglichen Augen.

»Kommen Sie heraus. Ich meine *Sie!*«

»Mich?« fragte Ferrier.

»Ja, Sie. Beeilen Sie sich!«

Er kam heraus. Er blieb in der Straßenmitte stehen, der Maschine gegenüber.

»Wie ist Ihr Name?«

»Ferrier. Sie kennen mich ...«

»Ich kenne Sie nicht. Sie sind ein Fremder.«

»Ich wohne in dieser Stadt.« Er rang die Hände. »Sie haben mich gestern gegrüßt und vorgestern und alle die anderen Tage. Ich bin ein Einwohner dieser Stadt. Mein Name ist dort registriert.«

Er zeigte mit dem Finger zur Kuppel.

»Ich kenne niemanden namens Ferrier.«

»Das ist doch nicht möglich. Ich wohne in diesem Haus.«

»Wenn Sie es bewohnten, würde ich Sie kennen.«

»Ich schwöre es Ihnen. Hören Sie zu ... Wer bewohnt dieses Haus? Sagen Sie mir, wer dieses Haus bewohnt.«

Die Maschine zögerte einen Augenblick.

»Niemand. Dieses Haus ist leer, verlassen. Ich erinnere mich nicht, daß es jemals jemand bewohnt hat.«

»Sie haben vergessen. *Vergessen!*« Er schluchzte.

»Ich kann nicht vergessen. Ich kann mich nicht irren.«

Er hatte eine Idee.

»Sagen Sie mir, wer in dieser Straße wohnt. Die ganze Straße. Die Namen.«

»Niemand. Niemand hat jemals in dieser Straße gewohnt.«

»Und die Stadt, die ganze Stadt«, schrie Ferrier.

Plötzlich verstand er den Lärm und die merkwürdigen Schreie im Nachbarhaus.

»Niemand lebt in dieser Stadt. Sie ist verlassen. Leer. Ich

habe keine Informationen über jemanden, der sie bewohnt haben sollte. Es gibt nur Fremde.«

»Hören Sie . . .«

»Haben Sie keine Stadt?« fragte die Maschine.

»Diese hier«, sagte Ferrier. Seine Stimme war leise und gebrochen.

»Wußten Sie nicht, daß es verboten ist, hier einzudringen?«

»Nein«, antwortete Ferrier, »nein, da ich doch hier wohne.«

Seine Unterlippe schob sich vor, als ob er gleich anfangen würde zu weinen.

»Haben Sie etwas zu sagen?«

»Könnten Sie mir noch eine . . . eine Auskunft geben?«

»Sicherlich«, sagte die Maschine. »Wir haben es nicht eilig.«

»Es ist eine Bombe gefallen, gestern abend?«

»Genau.«

»Was für eine Bombe war es?«

»Eine Magnetbombe. Sie hat aber keinen Schaden angerichtet.«

»Ich verstehe«, sagte Ferrier. »Ich verstehe.« Und er dachte an alle die Spulen, die Bänder mit den Personenangaben der Bürger, ausgelöscht. Eine Magnetbombe. Die Maschine mit dem verlorenen Gedächtnis. Alles Fremde in der eigenen Stadt. Das ist logisch. Das ist normal. Durchgestrichen, vergessen dort drüben. Gestorben hier.

»War das alles, was Sie wissen wollten?« fragte die Maschine.

»Ja«, sagte Ferrier. *Ich kann ihr nicht sagen, daß sie vergessen hat. Sie kann mir nicht glauben. Eine Maschine kann sich nicht irren!*

»Sie werden sich um mein Haus kümmern, nicht wahr?«

»Sind Sie bereit?«

»Ich glaube, ich bin bereit.« Seine Lippen zitterten.

»Sie werden nicht leiden«, sagte die Maschine.

Ein Energiestoß, ein Feuerstrahl. Verkohlte Überreste, die Asche, fortgeblasen, durch die Luft gewirbelt, schwebend und dann wieder auf die Stadt fallend, die für eine Million Jahre verödet und verlassen sein wird.

Jean-Michel Ferrer

Ein Cepheide

Thorazo trat geräuschlos in das Zimmer, und die Tür schloß sich hinter ihm. Als er sich an das Kopfende von Murelkis Krankenbett setzte, drückte er auf den Knopf des Kristallrekorders. Alles das, was gesagt werden würde, mußte aufgezeichnet und für Archive aufbewahrt werden, selbst wenn Murelki ein Lügner wäre, und das glaubte Thorazo nicht.

»Murelki?«

Der Navigator schlug die Augen auf. Sein Gesicht wirkte jetzt wieder viel menschlicher als bei seiner Einlieferung in das Hospital zwei Tage zuvor. Seine Wunden waren schnell verheilt, und sein linkes Auge war wieder vollkommen in Ordnung. Er lächelte Thorazo an.

»Die Inquisition?« fragte er.

»Genau, ich bin die Inquisition«, sagte Thorazo, »aber eine Inquisition, die Ihnen nicht lange auf die Nerven fallen wird, weil sie Ihnen glaubt.«

Murelki machte ein ungläubiges Gesicht.

»Großer Gott«, seufzte er endlich, »ich hoffe, Sie treiben keinen Scherz, Offizier.«

»Aber durchaus nicht, Murelki . . . und ich bin auch kein Offizier.«

»Nein?«

»Ich bin Zivilist, Navigator des Relevé Cosmique.«

»Oh, ich verstehe . . . Es hätte mich auch überrascht, wenn sich der Relevé Cosmique noch nicht in die Geschichte eingemischt haben sollte.«

»Das ist nun geschehen«, sagte Thorazo.

»Und Sie glauben mir? Sie glauben alles, was ich gesagt habe?«

Der Mann des Relevé Cosmique blickte über die Bucht. Jenseits sah man die Wasser des Ozeans und die mosaikförmigen

Kais von Cheldiron-Port. Der Frühling von Cheldiron leuchtete in jeder anrollenden Woge, in jedem durchscheinenden Kiesel, der auf dem schmalen Sulfatstrand lag.

»Murelki, wenn ich Ihnen glaube, dann müssen Sie dasselbe tun. Worauf es in dieser Geschichte ankommt, das sind nicht Sie oder ich, sondern dieser Planet in der Leier.«

Murelki atmete langsam. Seinem mageren Gesicht war noch die Erschöpfung anzusehen. Thorazo fühlte, daß der Navigator ebenso seelisch wie körperlich gelitten haben mußte.

»Das ist gut, was Sie da sagen, Herr Inquisitor, sehr gut. Sie wünschen, daß ich meine Geschichte wiederhole?«

»Nur das Wesentliche. Ich nehme alles auf.«

Murelki schloß die Augen.

»Es war vor zwei Wochen«, begann er, »als ich und mein Kopilot Luchs uns dem System des Sterns R R Lyra näherten. Unter allen Planeten, die dort umherschwirren, schien er als einziger von Interesse zu sein. Ihr Relevé Cosmique, Herr Inquisitor, hatte ihn schon klassifiziert als: *Ohne Leben – Zahlreiche Bodenschätze.*

Das war die Art von Welt, die wir suchten: Keine Tiere, mit denen man nur Ärger hat, und mögliche Vorkommen von Bodenschätzen. Sehen Sie, wir bildeten eine perfekte Mannschaft freier Navigatoren, und ich kann sagen, daß ich zur jetzigen Stunde ein nettes Vermögen in den Faktoreien der Erde in Reserve habe. Vielleicht ziehe ich mich eines Tages zurück . . .

Nun, Luchs und ich waren auf dieser Welt gelandet, R R Lyra, wie sie von Ihnen genannt wird.

Die Atmosphäre war durchaus atembar, und, einmal draußen, hätte man glauben können, in einer Marswüste zu sein, mit dem Himmel der Erde über unseren Köpfen. Ich möchte damit sagen, daß es kühl war, man aber gut atmen konnte. Abgesehen davon gab es in der Landschaft nur schmale Landstreifen, weichen grauen Sand zwischen Teichen mit Flüssigkeit, in denen sich der Himmel spiegelte. Luchs machte übrigens Fotos.

Wenn er nur *dann* noch mehr hätte machen können. Seit der Landung waren zwei Stunden vergangen, und wir waren noch nicht damit fertig, den Sand zu analysieren, dessen Zusammensetzung, das kann ich Ihnen sagen, unerhört kompliziert war, als Luchs vorschlug, auch die Flüssigkeit der Teiche zu analysieren.

Wir gingen zum kleinsten hin, den wir auch für den flachsten hielten. Luchs trug das große Gerät, das extra für die Flüssigkeitsanalyse konstruiert war, und ich folgte mit den Flaschen und Probengläsern.

Und mit einemmal schien die Sonne am Himmel zu explodieren. Bis dahin war sie sehr hell gewesen, von diesem ein wenig gelben Weiß wie die Sonnen, die man jenseits des Neu-Sirius findet. Und plötzlich flammte sie auf, wurde riesig und blau, wie Wega oder Deneb.

Dieses Licht überflutete den ganzen Planeten, ließ die Teiche dampfen und schwärzte den Sand unter unseren Füßen.

Tatsächlich, wir hatten selber das Empfinden, zu kochen. Luchs, erinnere ich mich, war vor mir, als wir umkehrten, um zum Raumschiff zu rennen.

Und ich hörte ihn schreien; ich blieb stehen.

Es . . . es kamen Fäden aus den Teichen heraus, sie wanden sich wie Schlangen, verwoben sich ineinander, um Muster von rosigen Ganglien zu bilden, die wie Herzen pochten. Das alles nahm ich in einer Sekunde wahr, und dann wurde Luchs in die Luft gehoben, als ob er davonfliegen würde. Ein Fadennetz hatte ihn gefangen und zog ihn zu dem Teich, den wir analysieren wollten.

Ich weiß nicht, was mich dann gepackt hat, aber ich fing an zu brüllen wie ein Verrückter und bin zum Schiff gerannt. Die Fäden tauchten von allen Seiten auf und schlugen auf mich ein, um mich zu Fall zu bringen, verschiedene klebten und brannten. Wenn ich mich erinnere, was mit der Landschaft passierte, dann ist das zweifellos meiner Ausbildung als Navigator zu verdanken. Mein Unterbewußtsein hat alles für mich wahrgenommen, und die Behandlung, der ich mich in diesen Tagen unterzogen habe, hat alles an die Oberfläche gebracht.

Luchs schrie die ganze Zeit wie irrsinnig. Er schwieg erst, als ich die Schleusenkammer des Schiffs erreicht hatte, als ob er mich gerettet sehen wollte. Was die Landschaft angeht ... es war schrecklich. Sie lebte, sie lebte ganz und gar. Die Fäden hatten sich vereinigt, die rosigen Ganglien waren gewachsen. Auf dem Sand wuchsen Blätter, Blumen, blau wie die Sonne, breiteten Blütenkronen aus, in denen Insekten entstanden, die in Wirklichkeit keine waren ...

Schließlich habe ich den Boden wie in einer Art Trunkenheit verlassen. Das Letzte, was ich auf dem Bildschirm gesehen habe, war ein Wald von braunen Kugeln, die auf Stengeln gewachsen waren, in der Farbe wie Purpur; es sah so aus, als ob sie damit ein Gebäude errichten wollten.«

Murelki war in Schweigen versunken. Er betrachtete über die Bucht hinweg die ruhige Landschaft von Cheldiron.

»Murelki«, sagte Thorazo nach einer Weile, »wissen Sie, was R R Lyra ist, astrophysikalisch gesehen?«

»Ein Cepheide, nicht wahr?«

»Genau. Das ist die Art von Sternen, deren Helligkeit sich im Verlauf von mehr oder weniger bestimmten Perioden ändert. Für R R Lyra beträgt diese Periode fast fünfzehn Stunden. Sie wird dann blau und flammt auf, bevor sie wieder zu ihrem Normalzustand zurückkehrt.«

»Ich verstehe«, sagte Murelki, »das ist es also, was während unseres Aufenthaltes auf dem Planeten geschehen ist, nicht wahr?«

»Ja, das ist es, was passiert war.«

Thorazo erhob sich.

»Sehen Sie, Murelki, Luchs und Sie, Sie waren die erste Mannschaft, die ein Cepheiden-System berührt hat. Sie waren verwegen, das muß man sagen.«

»Das ist unser Beruf.«

»Ja, wie es nun sein mag, das Relevé Cosmique glaubt Ihnen.«

»Warum, Herr Inquisitor?«

»Weil das Licht das Leben ist, Murelki . . . Das heißt, daß um Sie herum, als R R Lyra zum Ausbruch kam, das Leben des Planeten erwacht ist. Das tut es in jeder Periode, um dann zu sterben. Der Zufall hat gewollt, daß das Erkundungsraumschiff des Relevé den Planeten in einer Periode geringerer Helligkeit angetroffen hat. Es hat ihn als *Ohne Leben* eingestuft, im guten Glauben. Aber jedesmal, wenn R R Lyra einen Helligkeitswechsel hat, erwacht das Leben wieder.«

»In der gleichen Form?«

»Vielleicht, aber nicht unbedingt . . .«

Murelki überlegte.

»Wenn ich daran denke«, murmelte er, »daß die Kontrolle mich des Mordes anklagen wollte wegen des Verschwindens von Luchs.«

»Ihr Fall wird sich wiederholen, Murelki, und die Kontrolle wird sich dann ihren Vers darauf machen müssen.«

Der Navigator betrachtete den Mann vom Relevé Cosmique.

»Sagen Sie mir . . . Dieses Leben, das geboren wird und so schnell stirbt, wenn es . . . wenn es eines Tages passierte, daß es bleibt?«

»Dazu«, sagte Thorazo, »wäre es notwendig, daß R R Lyra selber im Stadium der größten Helligkeit bleibt.«

Murelki antwortete nicht. Er schien stumm geworden zu sein, den Blick unbestimmt in die Ferne gerichtet. Er begnügte sich mit einem Kopfnicken, als Thorazo das Zimmer mit seinen Wünschen für baldige Genesung verließ.

Thorazo übermittelte den aufgenommenen Bericht dem Generalstab, der ihn seinerseits an das Zentrum auf der Erde weiterleitete. Es dauerte Monate, bis ein besonderes Aktenstück über die Cepheiden vorlag. Schließlich wurde die Annäherung an diese Sonnen für Raumschiffe verboten und Alarm-Radiosender auf den Anflugrouten installiert.

Eines Tages sah Thorazo an Bord des Überwachungsraumschiffs *Patrick 1* des Relevé Cosmique eine Lampe an der Alarmschalttafel aufleuchten. Er rief sofort den Kommandanten an.

»Nehmen Sie Kurs auf R R Lyra«, sagte er. »Ein freies Raumschiff hat die verbotene Zone überschritten.«

Drei Tage lang flog die *Patrick 1* direkt auf den weißen Lichtschein von R R Lyra zu. Alle fünfzehn Stunden flammte diese Sonne auf und übertraf mit ihrer Helligkeit die benachbarten Sonnen. Dann kehrte sie zu ihrem Normalzustand zurück.

Bei der Betrachtung durch die Luke erinnerte sich Thorazo an Murelki und seine Geschichte. Zweifel befielen ihn. Er benutzte die letzten Stunden der Annäherung, die Akten an Bord einzusehen, die durch den Spezialempfänger immer auf dem laufenden gehalten wurden. Auf diese Weise erfuhr er, daß Murelki nach völliger Wiederherstellung Cheldiron verlassen und von neuem die Raumfahrten mit seinem Schiff aufgenommen hatte, diesmal allein. Der Bericht besagte aber auch, daß Murelki an seinen Anlegeplätzen, Achernar II und Lugdran, seltsame Äußerungen über die Götter des Kosmos und über sich selbst getan hatte.

Der Zweifel, der Thorazo gekommen war, verwandelte sich in Angst. Die Hände über dem Sims der Luke verkrampft, sah er, wie der ockerfarbige Planet immer klarer sichtbar wurde. Rechts zeigte ein winziges Fünkchen die Position des auf falschem Kurs befindlichen Raumschiffs an. Es umflog den Planeten, um sich direkt nach der Sonne selbst zu orientieren.

»Thorazo!« rief der Kommandant an. »Wir versuchen, mit ihm Verbindung zu bekommen!«

Mit klopfendem Herzen begab sich der Mann vom Relevé zum Kommandanten. Bei seiner Ankunft hörte er ein Knacken im Lautsprecher.

Dann ertönte die Stimme von Murelki.

»Guten Tag, Relevé«, sagte sie, »Sie kommen ein wenig spät.«

»Überlassen Sie ihn mir«, sagte Thorazo. Er nahm vor dem Mikrophon Platz.

»Murelki! Murelki! Ich bin es . . . Ihr Inquisitor von Cheldiron.«

Auf der anderen Seite der Verbindung stieß Murelki ein höhnisches Lachen aus.

»Was für ein Zufall, was für ein glücklicher Zufall, Herr Inquisitor. Sehen Sie, ich schulde Ihnen Dank.«

»Murelki, was haben Sie vor?«

»Ich bin nicht Murelki, ich bin es nicht mehr, ich bin Gott.«

»Machen Sie keine Dummheiten, stoppen Sie Ihr Raumschiff.«

»Oh, nein, Herr Inquisitor, ich werde mein Raumschiff nicht eher stoppen, als bis ich die Sonne erreicht habe.«

»Die Sonne?« Thorazo versagte die Stimme. »Murelki! Sie werden doch nicht . . .«

»Ich werde mich in die R R Lyra stürzen, Herr Inquisitor, mit meinem ganzen Raumschiff und allem Metall, das es enthält. Erinnern Sie sich, was Sie mir damals gesagt haben, auf Cheldiron: »Wenn das Leben auf dem Planeten bleiben soll, dann muß der Cepheide seine maximale Helligkeit behalten.«

Thorazo antwortete nicht. Es kam ihm vor, als ob die ganze Kanzel sich um ihn herum zusammenzöge, ihn mit ihren kalten Wänden erdrückte.

»Verstehen Sie mich?« fuhr Murelki fort. »Mein Raumschiff wird eine Reaktion in der Sonne entfachen, und das Leben – das Leben, Herr Inquisitor – wird weitergehen, wird sich vervielfachen.«

»Es gibt genug Leben in der Galaxis, Murelki; es ist nicht nötig, ein Gott zu sein, um das zu tun, was Sie vorhaben.«

»Schweigen Sie! Ich bitte mir wenigstens etwas Respekt aus!«

Thorazo deckte das Mikrophon ab, um den Kommandanten zu fragen:

»Können wir ihn noch erreichen?«

»Nicht vor der Sonne, und er steuert direkt auf sie zu.«

»Und wenn wir ihn durch Beschuß vernichten?«

»Wir haben keine Waffen an Bord«, sagte der Kommandant.

Thorazo senkte den Kopf.

»Ich gehe«, sagte Murelki, »ich hoffe, daß Sie dem Schauspiel beiwohnen werden, Herr Inquisitor.«

»Murelki! Murelki, kommen Sie zurück! Sie sind verrückt, verstehen Sie! Verrückt! Sie sind krank, Murelki, und wenn Sie zurückkommen, werden wir uns um Sie kümmern, wir . . .«

Anstatt einer Antwort ertönte ein letztes Lachen. Dann hörte man im Lautsprecher nur noch Knistern und Rauschen.

Thorazo drückte verzweifelt auf den Kontakt.

»Er hat abgeschaltet«, sagte der Kommandant, »es ist zu spät.«

»Was sollen wir machen?«

»Umkehren, und zwar schnellstens. Wenn er R R Lyra erreicht, wird die Wirkung schrecklich sein.«

Die *Patrick 1* drehte ab nach dem achten Planeten und flog an ihm vorbei.

Lange, lange wartete Thorazo aufrecht vor der Luke stehend auf das Ereignis, vor sich die Schwärze des Raums und die flammende Sonne.

Und plötzlich schien der ganze Raum aufzuleuchten. In Richtung von R R Lyra wogte nur noch eine einzige riesige bläuliche Glut, ein entfesseltes Energiefeuer.

»Legt die Schutzschirme vor«, befahl der Kommandant.

Thorazo verlangte eine vergrößerte Sicht des achten Planeten. Auf dem Bildschirm in der Kanzel erschien die gelbliche Scheibe dieser Welt, dann erschien die Landschaft klarer.

»Sehen Sie hin!« keuchte der Kommandant.

Das Licht von R R Lyra erreichte den Planeten, und plötzlich erwachte dort das Leben.

Verschwommene Flecken verschmolzen miteinander, trübten die Sicht. Netze und Bänder dehnten sich, lebende Architekturen bildeten sich, noch schwankende zellenartige Gebäude wurden fest, erhoben sich und stürzten in Sekundenschnelle wieder zusammen.

»Murelki hat erreicht, was er wollte«, murmelte Thorazo. »Sehen Sie die Sonne.«

R R Lyra hatte sich in riesiger, bläulicher Helligkeit stabilisiert.

»Sie glauben, daß . . . daß dies so bleibt?« fragte der Kommandant.

»Gar kein Zweifel.«

Und vor ihnen wuchs das Leben auf dem Planeten und dehnte sich aus. In unaufhörlichen Bewegungen schienen sich Städte zu erheben, Kolonien zu bilden, Keime in die Höhe zu schießen. Dies war aber nur eine Illusion, denn in Wahrheit gab es keinerlei Vergleich zwischen diesem verblüffenden biologischen Zyklus und der Welt der Menschheit.

Auf dieser Welt ging die von ihren Ketten befreite Entwicklung mit einer irrsinnigen Geschwindigkeit unter den Augen der stumm beobachtenden menschlichen Wesen vor sich.

Was auf der Erde und anderen Welten Millionen von Jahren gebraucht hatte, erforderte hier nur Minuten und Licht, dieses Licht, das niemals enden würde. Die logische Fortsetzung dieser beschleunigten Entwicklung riß die Menschen aus ihrer Erstarrung: Fäden wurden von der Planetenoberfläche bis zur Schwelle des Weltenraums hinausgeschleudert.

»Ihr Götter«, sagte Thorazo, »dieses Leben . . . erobert schon den Weltraum.«

»Nur fort von hier!« schrie der Kommandant.

Während sich die *Patrick 1* entfernte, konnten sie leuchtende Körner aus dem Planeten herausströmen sehen, die im freien

Weltraum aufblühten. Eine Minute später bildeten andere schon eine Girlande zum nächstgelegenen siebenten Planeten.

»Das sind die gefährlichsten Konkurrenten der menschlichen Rasse«, sagte Thorazo einen Augenblick später. Er wandte sich zum Kommandanten. »Was wir jetzt sehen, ist eine Sache des Augenblicks. Aber bei der Geschwindigkeit, mit der diese Entwicklung vor sich geht, frage ich mich, ja, ich frage mich ernsthaft, wo diese Dinger in . . . sagen wir, in einigen Stunden sind. Wohin wird sie ihre Entwicklung führen?«

Und die Menschen überlief ein Schauder.

Jean-Pierre Andrevon

Das Reservat

Ein Vogel mit schwarzen Flügeln stieg lautlos die Höhle empor und erreichte in schwerem Flug den fernen silbrigen Punkt unter freiem Himmel. Kitti Pritti sah darin ein böses Omen; sie schlang ihre Arme noch enger um den kleinen Phils. Dieser klammerte sich mit beiden Händen an ihre linke Brust, an der er mit wütendem Eifer, aber ziemlich erfolglos saugte. Die Milch von Kitti Pritti wurde knapp, und Phils wurde größer. Er mußte jetzt zehn Monde alt sein, und es war nötig, bald für ihn etwas Besseres zu essen zu finden, aber was? Es war erst das zweite Kind, das aus dem Leib von Kitti Pritti hervorgegangen war. Das erste war bald nach dem zweiten Mondwechsel starr und steif geworden. Seinetwegen hatte sie also keine Sorge mit der Ernährung gehabt. Jetzt aber gaben ihre Brüste, obwohl sie groß und fest waren, fast keine Milch mehr; andererseits hatte Phils noch keinen Zahn im Mund, nur einen weichen, rosigen Gaumen, mit dem er noch nicht in Fleisch hineinbeißen konnte.

Kitti Pritti legte das Kind an ihre rechte Brust. Phils verschlang geradezu die Brustwarze, wimmerte aber bald vor Enttäuschung. Kitti Pritti war verzweifelt. Sie konnte Phils nicht mehr ernähren, und das gerade in dem Augenblick, in dem er ein wenig mehr war als eine Larve, die sich krümmt, in dem Augenblick, in dem er nach Menschenart ihre Brüste in seine kleinen rundlichen Hände nahm, in dem Augenblick, in dem er erst richtig zu leben anfing . . .

Wenn sie ihr Kind mit den Nachkommen der Schmeicheltiere verglich, wurde sie traurig, weil ihr Kind so langsam wuchs, verglichen mit den kleinen Tieren, die schon nach einigen Tagen herumliefen und im Alter von kaum einem Monat bereits auf die Jagd gingen. Aber jetzt, da Phils größer wurde, sagte ihr eine dumpfe Ahnung, daß ihr Kind bald aufrechtstehen, gehen und laufen würde. Aber zunächst mußte sie etwas als Ersatz für die Muttermilch finden.

Jetzt weinte Phils zum Erbarmen. Kitti Pritti erhob sich, machte ein paar Schritte in die Höhle, wiegte ihn in ihren Armen und sang ihm ein kleines Lied vor, dessen Melodie sie erfand. Aber nichts half. Entmutigt legte sie Phils in die Höhlung voll trockener Gräser, die sie jeden Tag wechselte. Vor dem Abend würde die Milch nicht wiederkommen, und auch dann würde es nicht genug sein und ständig weniger, bis sie völlig austrocknete. Sie dachte daran, daß vielleicht die sehr weichen Früchte eines der Bäume gut für ihn wären. Sie mußte unter dem freien Himmel auf die Jagd gehen, denn sie hatte keinen Fleischvorrat mehr für sich, und sie würde bei dieser Gelegenheit auch Obst ernten.

Sie formte ihre Hände zum Sprachrohr und stieß den Ruf der Schmeicheltiere aus: »Miii-miiiau . . .« Sofort kamen mehrere aus der Höhlung des Steins, der ihnen als Unterschlupf diente. Kitti Pritti streichelte jedes von ihnen den Rücken entlang. Einige waren sehr wild, andere weniger, aber alle hatten es sehr gern, wenn man ihnen von oben nach unten in der Richtung des Fells über das Rückgrat strich. Sie wurden dann sehr zutraulich und schlossen voller Wohlbehagen ihre großen grünen Augen. Kitti Pritti legte zwei Schmeicheltiere, die sie gut kannte und die niemals böse wurden, neben Phils, der immer noch brüllte. Sie erklärte den Schmeicheltieren mit sanfter Stimme, daß sie für einen halben Sonnentag wegbliebe, und eins von ihnen fing an, Phils mit seiner kleinen rosafarbenen rauhen Zunge das Gesicht zu belecken.

Kitti Pritti band sich um ihren nackten Körper, der vom Höhlenleben bleich geworden war, den Sack zur Aufnahme des Wildbrets. Sie wählte ein Dutzend langer Pfeile aus, Metallstäbe mit einer Befiederung aus Vogelfedern; dann nahm sie ihren entspannten Bogen und kletterte die große Treppe hoch, die ansteigend von Höhle zu Höhle führte und mit zunehmender Höhe immer schlechter wurde, bis sie das Freie erreichte.

Der Vogel mit der schlechten Vorbedeutung beunruhigte sie etwas. Es war ein Vogel von oben, keines von den Tieren mit Lederflügeln, die in den oberen Höhlen übernachteten und sich manchmal nach unten zu ihr verirrten. Daß er bis nach unten gekommen und ohne einen Schrei wieder nach oben zurückgekehrt war, hatte in der geheimnisvollen Sprache des Schicksals bestimmt seine Bedeutung, aber welche? Vielleicht würden die Fallen leer sein oder kein Tier mit Wackelohren unter ihren Pfeilen zusammenbrechen oder sie für Phils nichts Passendes finden. Bei diesem Gedanken krampfte sich ihr Herz zusammen. Gewiß war Phils schon größer geworden, aber immer noch hilflos. Insgeheim verspürte Kitti Pritti große Furcht, ihn eines Tages starr und steif aufzufinden wie damals Plong. Bei Plong hatte ihr das nichts ausgemacht. Sie hatte damals keine Zeit gehabt, sich eng an ihn zu binden, aber bei Phils war es etwas anderes. Wenn der Mann da wäre, wenn der Mann zurückkäme, könnte er ihr vielleicht gute Ratschläge geben, aber sie zweifelte daran: Der Mann war rauh, stark, seine Anwesenheit verlieh ihr Kraft, aber feines Empfinden fehlte ihm. Trotzdem wünschte Kitti Pritti, daß er da wäre, für alle möglichen Dinge, um ihn bei sich zu wissen, wenn sie schlief und auch wegen der unsagbaren Lust, die sie empfand, wenn er sie liebkoste, sich auf sie legte und in sie eindrang.

Aber der Mann war nicht da. Schon seit mehr als vier Monaten war er nicht mehr unten erschienen. Ohne Zweifel jagte er weit draußen auf der Ebene, oder – auch er war starr und steif geworden. Bei diesem Gedanken überlief es Kitti Pritti kalt, aber sicherlich konnte sie noch einen anderen Mann finden. Er war nicht der einzige gewesen, er war nur der letzte, und er hatte ihr gut gefallen.

Die Treppe wand sich um den großen verrosteten Eisenkäfig, der ebenfalls bis zur Erdoberfläche reichte. Von Zeit zu Zeit mußte Kitti Pritti ganze Scharen von den Tieren mit spitzen Zähnen heftig abwehren, die aus den Löchern des Mauerwerks herauskamen und versuchten, sie in die Füße und Beine zu beißen. Die Tiere mit den spitzen Zähnen waren nur kleine graue oder braune Bälle aus Fell mit lächerlich kurzen Beinen, aber es war gefährlich, sich von ihnen berühren zu lassen, denn man sagte, daß ihre Bisse manchmal die Schwarze Krankheit brächten, die immer tödlich war. Glücklicherweise machten die Schmeicheltiere erbarmungslos Jagd auf die Tiere mit den spitzen Zähnen, die sich deshalb niemals bis in die untere Höhle wagten.

Auf ihrem Weg nach oben nahm Kitti Pritti mit ihren gleichmäßigen elastischen Schritten immer drei Stufen auf einmal. Der verschwommene silbrige Schimmer des Himmelsflecks über ihrem Kopf wich einem Blau. Endlich kam Kitti Pritti in der obersten Höhle an, unter dem großen Gewölbe, wo der Felsen flach und unglaublich glatt war, ausgenommen die halb verschüttete Ausgangsöffnung, wo man sich auf allen vieren vorwärtsbewegen und manchmal sogar wie ein kaltes Seiltier kriechen mußte, bevor man endlich unter freiem Himmel war, inmitten der gigantischen Ruinen der senkrechten Höhlen, die einem heimlich Blicke aus ihren tausend viereckigen, schwarzen Augen zuzuwerfen schienen.

Vanlouss hat Lust, zum Reservat zu gehen. Das ist ein gebieterischer, geheimer Drang, der ihn oft peinigt, den er im Magen spürt, der ihm den Mund austrocknet. Er ist schon oft hingegangen, meistens heimlich, manchmal, wenn auch selten, mit seiner Harmoniegattin, Areichnide. Aber er könnte nicht sagen, warum dieser unklare Wunsch ihn so verfolgt. Tief im Grunde sind es natürlich Antriebe rein sexueller Art – oder zumindest waren es im Anfang solche Impulse, als Vanlouss vor Jahren zum erstenmal das Reservat betreten hatte. Aber jetzt? . . . Jetzt weiß Vanlouss es selber nicht, er sieht nur sich selbst zu und beobachtet seinen Wunsch, der unwiderstehlich wird und erst dann befriedigt ist, wenn er lange in die Glaskäfige des Reservats geschaut hat und ihn dieser Anblick noch anderes hat empfinden lassen, Gefühle, die er nicht so leicht analysieren kann, etwas wie Reue, eine schmerzliche, Herzklopfen verursachende Nostalgie.

Kitti Pritti mochte diesen Ort nicht, wo sich zwischen den Blökken der halb zerstörten senkrechten Höhlen dunkle Drohungen zusammenballten und wohin kaum jemals Tiere kamen. Glücklicherweise brauchte man nicht lange zu laufen, wenn man den kürzesten Weg zur Grasebene wußte. Kitti Pritti beeilte sich immer. Sie lief los, und alles ging gut. Ihr erster Schritt in das Gras war für sie eine Erleichterung.

Als sie sich am äußersten Rand des Gebietes der senkrechten Höhlen befand, stand die Sonne noch niedrig über dem Horizont, und am Ende des Landes unter dem Himmel verschwanden die kleinen runden mit Bäumen bedeckten Hügel fast in einem leichten blauen Nebel. Sie hatte also Zeit, nach den ausgelegten Schlingen zu sehen, und auch noch die Zeit, den Umweg bis zu den Obstbäumen zu machen. Sie wußte, wenn die Sonne hoch am Himmel stand, dann würde Phils sehr hungrig sein und schreien, vielleicht umgeben von den Müttern der Schmeicheltiere, die für ihn nichts weiter tun konnten, als ihn mit ihrer rauhen Zunge zu belecken, wie sie es mit ihren eigenen Kleinen machten.

Mit großen Schritten ging sie unermüdlich weiter, ein wenig unruhig wegen der Verwünschung, die der schwarze Vogel vom Morgen ahnen ließ. Aber die Jagd ließ sich eher gut an. Zwar hatte sich nur in einer einzigen Schlinge etwas gefangen, aber das Tier, das sich darin verfangen hatte, war schwer und fett und für den Sack auf dem Rücken von Kitti Pritti ein willkommenes Gewicht. Sie hatte auch einige Pfeile auf Vögel im schnellen Flug abgeschossen, aber ohne Erfolg, weil die viel zu massiven Metallpfeile vorzeitig wieder auf den Boden fielen. Sie sagte sich, daß sie besser leichte Holzpfeile mit einer kleinen Eisenspitze hätte nehmen sollen, wie sie der Mann damals für sie angefertigt hatte, aber sie selbst konnte diese nicht machen, und der Mann war verschwunden. Schließlich hatte sie noch durch Zufall ein Grabetier erschlagen können, das in der Sonne auf einem Stein schlief, und das bedeutete noch etwas mehr Fleisch, obwohl das Grabetier im allgemeinen einen faden Geschmack hatte, dazu zäh war und schwer mit den Zähnen zu zerreißen.

Jetzt kletterte Kitti Pritti den Hang hinauf, auf dessen Höhe die Obstbäume standen, und in diesem Augenblick hörte sie das Geräusch. Kitti Pritti blieb sofort stehen, mit klopfendem Herzen, und duckte sich in das ziemlich hohe Gras, mit dem Kopf nach unten. Sie wagte nicht, sich zu rühren. Sie hatte das Geräusch schon früher mehrfach bemerkt, es stammte von den Selbstfahrern, mit denen die Wesen ohne ihresgleichen kamen. Und wenn die Wesen ohne ihresgleichen in das Land unter dem freien Himmel kamen, dann mußte man fliehen, sich verstekken, dann durfte man sich nicht sehen lassen, wenn man nicht gefangen werden wollte. Sonst wurde man auf einen Selbstfahrer gebracht und niemand sah einen wieder. Wenn jemand verschwand und er nicht in dem einen oder anderen Winkel starr und steif wiedergefunden wurde, dann konnte man sicher sein, daß diese Wesen ohne ihresgleichen ihn mitgenommen hatten, um ihn irgendwohin zum anderen Ende des Landes unter freiem Himmel zu bringen, in ihre senkrechten Höhlen, aufgebaut, wie man sagte, auf riesigen Flächen und so hoch wie Berge und voll von Tausenden und aber Tausenden und mehr der Wesen ohne ihresgleichen. Natürlich konnte man nichts Genaues sagen, weil diejenigen, die diese senkrechten Höhlen hatten sehen können, niemals zurückgekehrt waren und daher auch nicht darüber sprechen konnten.

An das rechteckige Fenster seiner Harmoniewohnung gelehnt, überblickt Vanlouss mit seinen kurzsichtigen Augen die düsteren Umrisse der Hochhäuser der Harmonie-City, die wie große graue Risse im klaren Morgenhimmel erscheinen. Von den unteren Ebenen dringen die verworrenen Geräusche der Laufbänder zu ihm herauf, die die Häuserblocks umgeben, und aus der

Tiefe dieser sonnenlosen Abgründe dringt das Brodeln Tausender eiliger rauchender, brummender Fahrzeuge.

Vanlouss kann sich nur mit Mühe von diesem faszinierenden Anblick losreißen und kehrt zu Areichnide zurück, die im Zimmer damit beschäftigt ist, sich in hauchzarte, durchsichtige Schleier zu hüllen. Sie trifft ihre Vorbereitungen, sie hat sich endlich damit einverstanden erklärt, ihren Harmoniegatten in das Reservat zu begleiten. Das ist nicht ohne Widerstände abgegangen. Sie ist bei diesen Besuchsplänen immer sehr mürrisch, bis aus der Tiefe ihres Bewußtseins die Regeln des Harmonielebens wieder auftauchen, die Reste der Harmonieerziehung wieder lebendig werden und sie dann endlich ja sagt. Zum Glück hat sie ja gesagt, denn in diesem Monat fällt der Tag ihres Harmonieurlaubs zusammen, und Vanlouss hätte sich auf gute Art nicht allein zum Reservat entfernen können. Vanlouss fragt, ob sie fertig ist, und sie bejaht. Vanlouss rückt seine Brille auf der Nase zurecht, und sie verlassen ihre Harmoniewohnung. Sie müssen einen geraden Flur in Richtung der beweglichen Plattform entlanggehen, die bis zum Dach des Blocks hochsteigen kann, einhundert Stockwerke höher oder hinunter zur Verkehrsebene, einhundertfünfzig Stockwerke tiefer. Sie drängen sich auf der Plattform zusammen, zu dieser Stunde ist viel Verkehr, und auch sonst gibt es immer eine Menge Leute, die hinauf oder hinunter fahren. Der Block hat nur vier bewegliche Plattformen, und er beherbergt mindestens fünftausend Mieter, vielleicht sogar zehntausend. Die Haltezeiten mitgerechnet, brauchen Vanlouss und Areichnide eine Stunde, bis sie auf der Ebene des Fernverkehrs ankommen, etwas von der Unterstadt entfernt, aber noch nicht ganz in der Innenstadt, in diesen dämmrigen Zonen, von den tiefen Gräben der Versorgungs- und Entsorgungsschächte zerrissen und von eisernen Stützbarren, dick wie Eisenbahnwagen, quadratisch abgeteilt, die das Fundament der Häuserblocks bilden. Hier fahren die Stadtbahnzüge durch, die von Station zu Station die Harmoniestadt bis zur Peripherie durchlaufen, aber nicht darüber hinaus.

Kitti Pritti lief. Das war ein großer Fehler. Jetzt fiel ihr ein, daß es besser gewesen wäre, im Gras ausgestreckt liegenzubleiben, unbeweglich, wenn auch die Graszähnchen sie in Bauch und Schenkel piekten, dann hätten die Wesen ohne ihresgleichen sie vielleicht nicht gesehen. Als aber das knarrende Geräusch der Selbstfahrer verstummte, hatte sie es nicht unterlassen können, sich umzudrehen, sich wieder aufzurichten und sich umzuschauen. Sie hatte dann in großer Entfernung unten auf der Ebene drei Selbstfahrer gesehen und um sie herum die Silhouetten der Wesen ohne ihresgleichen. Es war sehr beruhigend, sie in so großer Entfernung zu sehen. Dann war sie den Hügel hinuntergerannt mit dem einzigen Gedanken, schnell zur Höhle zurückzukehren, ihren kleinen Phils wiederzusehen und tief unter der Erde im Verborgenen zu bleiben, außerhalb der Reichweite der Wesen ohne ihresgleichen.

Aber jetzt lief sie und lief, auf dem nackten Boden der Erde unter dem Himmel, und das Geräusch der Selbstfahrer war hinter ihr, nahe, näher und immer näher, und sie wagte nicht, sich umzudrehen. Es war ihr, als ob ihre Muskeln unter der Haut brannten, sie lief, zuerst hatte sie ihren Bogen fallen lassen und dann den Sack mit dem Tier mit den Wackelohren und dem Grabetier, aber das machte alles nichts aus. Sie lief und sah in ihrem Kopf den Unglücksvogel seine langen schwarzen Flügel entfalten, und sie fühlte sich verloren. Irgend etwas schlang sich um ihre Beine und Schultern, sie stürzte zu Boden und überschlug sich, rollte zur Seite, zappelte in den Stricken, in denen sie gefangen war, die Selbstfahrer umringten sie und blieben vor ihr stehen, mit einem Dröhnen wie das Bumm vom Himmel, sie schloß die Augen, hörte auf zu kämpfen, sich zu bewegen, sie glaubte, daß sie nun starr und steif werden würde, und wartete darauf, daß ihr Geist ihr aus den Augen träte und durch den Wind zu den blauen Bergen getragen würde, wo die Geister wohnen.

Aber es geschah lediglich, daß die Hände über ihr sie anpackten und sie hochzogen. Sie machte die Augen wieder auf und fand sich aufrecht stehend, durch Wesen ohne ihresgleichen festgehalten, inmitten einer Gruppe anderer Wesen ohne ihresgleichen, die sie betrachteten und dabei sprachen und lachten. Es war das erste Mal, daß sie diese Wesen so aus der Nähe sah, und einen Augenblick lang vergaß sie ihre Furcht. Sie waren so seltsam, nicht einmal schrecklich, eher drollig; und dann stieß man sie zu der großen eisernen Masse eines Selbstfahrers. Mit einemmal fielen ihr jetzt all die Dinge ein, die man sich über das Land der Wesen ohne ihresgleichen erzählte, und sie wurde sich plötzlich darüber klar, daß man sie vielleicht nicht sofort steif machen würde, aber daß sie weder ihre Höhle noch Phils wiedersehen und Phils ohne ihre Hilfe steif werden würde. Bei diesem Gedanken krampfte sich ihr Herz zusammen, und als man sie in den viereckigen schwarzen Bauch des Selbstfahrers brachte, fragte sie die Wesen ohne ihresgleichen, ob es nicht möglich wäre, Phils auch zu holen, aber die Wesen ohne ihresgleichen verstanden nicht, was sie sagte, und als sie sprachen, verstand Kitti Pritti sie ebensowenig. Also setzte sie sich auf den Boden des Selbstfahrers und weinte ein wenig. Der Selbstfahrer bewegte sich von der Stelle und schaukelte und brummte. Sie war mit einem lockeren Strick festgebunden, und da sie sich im Fallen die Haut an den Händen und Knien aufgeschürft hatte, begann sie, an diesen Stellen zu lecken, um sie von Erde und Blut zu säubern. Die Wesn ohne ihresgleichen lachten, als sie das sahen, und dann hielt der Selbstfahrer, und man führte sie zu einem großen Vogel aus Eisen, der auf der Ebene an einem Ort stand, den sie schon nicht mehr kannte; und sie hatte schreckliche Angst, weil sie wußte, daß die großen Vögel aus Eisen schnell und hoch am Himmel fliegen; und als sie im Bauch des großen brausenden Vogels aus Eisen war, fühlte sie nur ihr Herz, das ihr zum erstenmal aus dem Mund herauskam und nach einer Weile wieder ihr Herz, das ihr zum zweitenmal aus dem Mund kam. Und dann zog man sie aus dem Bauch des großen Vogels aus Eisen heraus, sie sah in der Ferne die senkrechten Höhlen der Wesen ohne ihresgleichen wie

Berge, und dann führte man sie in den Bauch einer anderen Art von Selbstfahrer, lang wie ein riesiges kaltes Seiltier, und dann wußte sie von nichts mehr. Es war wie in einem verschwommenen Leben in der Nacht, an das man sich beim Aufwachen schlecht erinnert, aber das wußte sie, daß es kein Aufwachen geben würde, sie wußte nur durch die aufeinanderfolgenden wirren Bilder vom Innern der senkrechten Höhlen, wohin man sie geführt hatte, wo die Wesen ohne ihresgleichen gesprochen hatten, während man sie ansah, wo Hände sie betastet, gemessen, berührt hatten, und von diesem bizarren Ort, wo es aus den Mauerlöchern auf sie geregnet hatte, ein lauwarmer, sanfter Regen, und endlich war sie zu dieser kleinen hellen Höhle gekommen, wohin man sie behutsam gebracht und eingeschlossen hatte.

Sie hatten unterwegs essen müssen, Würfel aus Sojapaste, dazu ein Becher lauwarmes Bier, aus den Automaten der Schnellbahn für einige Groschen herausgezogen. Es ist eine weite Strecke vom Block bis zum Reservat, und sie mußten mehrmals umsteigen, und im ganzen haben sie drei Stunden gebraucht, um bis zum Rand der Harmoniestadt zu kommen, von wo aus man die kahlen Ebenen sehen konnte, die man kaum jemals betritt, zu dem ausgeschmückten Ausstellungsgelände des Reservats. Areichnide versucht, den Staub von ihren Schleiern abzuschütteln, der sich darauf angesammelt hat, und sagt in einem schnippischen Ton, daß sie nun glücklich da seien, und sie hoffe, daß Vanlouss nun endlich zufrieden sei. Vanlouss schweigt, und er verspürt diese mit einer ungewissen Furcht gemischte Erregung, die ihn jedesmal beim Betreten des Reservats überfällt. Aber zu dieser Stunde sind eine Menge Leute da, und man kommt inmitten dieser Masse von Menschen nur langsam voran, die hierher kommen wie zum Jahrmarkt. Im übrigen wird das Reservat sowieso allmählich zum Jahrmarkt, mit den Lichtern, die in allen Farben überall aufleuchten, sobald die Nacht hereinbricht, an diesen verstreuten Schaubuden zwischen den Glaskäfigen und den Dokumentationsständen, diesen Erfrischungsräumen und Imbißstuben, die sich überall breitmachen und Delikatessen oder seltene Getränke anbieten, wie Fruchtsaft aus Wilddornsträuchern, Buletten aus synthetischem Fleisch mit Gewürzsoßen ... Man muß schon von seinen Ellbogen Gebrauch machen, sich auf die Füße treten lassen, den Schweißgeruch hinnehmen, inmitten des brandenden Meers der Unterhaltungen, der Schreie, der Musik. Es ist hier sehr schwierig, sich innerlich abzuschließen und Meditationen hinzugeben, und doch verspürt Vanlouss jedesmal, wenn er in den Anblick der Glaskäfige versunken dasteht, wie in ihm eine große Leere entsteht, die er sich nicht erklären kann.

Er streift lange Zeit um die Käfige herum, forschend, mit seiner immer unzufriedener und gereizter werdenden Harmoniegattin am Arm. Vanlouss hat keinen Blick für die Stände, an denen in komplizierten Graphiken die Vorgänge der genetischen Umwandlungen dargestellt sind. Er kennt sie ohnehin auswendig und wird schon seit langem nur durch die Wesen angezogen, die in den Glaskäfigen eingeschlossen sind. Im Augenblick bleibt er gerade vor einem der Käfige stehen und betrachtet ein blondes Geschöpf, ohne Zweifel neu, denn er hat sie noch nie zuvor gesehen. Sie hockt erschöpft auf einer Liege, mit starrem Blick, den Kopf zum Publikum gewendet, wahrscheinlich ohne die Leute zu sehen, die an ihr vorüberziehen, vor ihrem Glaskäfig, und sie ansehen, mitleidig, belustigt, neugierig, interessiert, angewidert ... Vanlouss betrachtet sie, betrachtet ihre langen blonden Haare, die ihr offen über die Schultern hängen, bewundert ihre so blasse Haut, nur etwas belebt durch den rosigen Hauch ihrer Wangen, betrachtet ihre Augen von einem unvergleichlichen Blau, sein Blick bleibt auf ihren beiden schweren und festen Brüsten haften, wandert ihren Bauch abwärts bis zu dem zarten Vlies von blassem Gold, wandert ihre langen Schenkel entlang und über ihre langen schlanken Beine, die durch den freien Lauf über die verlassenen Ebenen gestählt sind, wohin nie jemand von der Harmoniestadt kommt, und dann ... Und dann heißt es, wieder aufbrechen, um die lange Strecke in umgekehrter Richtung wieder zurückzulegen, bis zum Harmonie-Appartement, wo Vanlouss und seine Harmoniegattin ihr karges Abendessen einnehmen werden, einen Becher Wasserreis, Sägemehlpastete mit Geschmackszusatz, getrocknete Früchte aus Afrika, von so weit her und so teuer.

Zuerst hat Kitti Pritti ein wenig und dann noch viel von den Früchten gegessen, die sie nicht kannte, und von den duftenden, merkwürdig zubereiteten Fleischstücken, und von dem Wasser verschiedener Geschmacksarten getrunken, und sie hat sich daran gewöhnt, vor der durchsichtigen Wand ihrer kleinen hellen Höhle Haufen von Wesen ohne ihresgleichen vorbeiziehen zu sehen, die sie betrachten und sich dann wieder entfernen. Sie bleibt auf dieser weichen Unterlage sitzen, die unter ihr nachgibt und sich so angenehm anfühlt, sie hat nichts zu tun, hat keine Wünsche. Das Bild ihres kleinen Phils quält sie noch ein wenig, verblaßt aber allmählich, und in der Ferne entschwinden auch die Läufe auf der Ebene, die Spiele mit den Schmeicheltieren, die Ängste, die Drohungen des Lebens in den tiefen Höhlen; sie hat nichts zu tun, sie hat keine Wünsche mehr; sie treibt in einer sanften Betäubung dahin: Sie fühlt sich wohl.

Sie verlassen das große Eingangsportal des Reservats, an dem in Leuchtbuchstaben steht, daß es sich um das *Reservat der aussterbenden menschlichen Exemplare* handelt, in dem in ihren Glaskäfigen einige Männer, einige wilde Frauen für die Zeit ihres Lebens untergebracht sind, die in rätselhafter Weise und aus unbekannten Gründen von den Mutationen verschont geblieben sind, welche die menschliche Art nach den großen Atomkriegen vor zweihundert Jahren verändert haben. Vanlouss setzt seine Brille auf der Nase zurecht, seine Brille mit drei Gläsern verschiedener Stärken, weil er drei Augen hat, davon eins in der Mitte der Stirn, mit denen er verschieden sieht, aber mit allen gleichmäßig schlecht, und er versucht, sich inmitten der Menge zu beeilen, indem er schwerfällig seine riesigen, durchfurchten und mit roten Pusteln übersäten Beine nachzieht, die in zwei plumpen Elefantenfüßen enden. Er betrachtet seine Harmoniegattin, die große Areichnide, mit der hübschen blattgrünen Haut, die versucht hat, in künstlerischer Weise den Kamm aus Hornhaut zu verhüllen, durch den sie aussieht, als habe sie den Rücken eines Reptils aus der Urzeit. Sie bewegen sich inmitten aller dieser Leute, die ausnahmslos irgend etwas Seltsames, Monströses haben; Haarbüschel, wo sie nicht hingehören oder Schuppen oder Federn, oder eine Haut von sonderbarer Farbe, oder verdrehte oder verkümmerte Gliedmaßen, alles Menschen, die etwas ohnegleichen haben, und Vanlouss sagt zu seiner Harmoniegattin:

»Sie waren schön, nicht wahr?«

Und die Harmoniegattin fragt, wer schön war, und Vanlouss stammelt:

»Die Menschen, früher . . .«

Und Areichnide sagt, indem sie die wimmelnde, ungeheure Welt um sich herum mit einer ausladenden Bewegung ihres Arms umfaßt:

»Die Menschen, das sind wir.«

DANIEL WALTHER

›Knallt mir alles ab!‹

»Los! In Teufels Namen!« brüllte der Colonel. »Knallt mir alles ab, das ganze Ungeziefer, diesen Dreck!«

Gregor packte mich am Arm. Schweißtropfen perlten von seiner Stirn, rannen unter seinem Helm hervor und befleckten den Kragen seines gelbbraunen Drillichzeugs.

»Allmählich habe ich die Nase voll«, knurrte er.

»Sei ruhig.«

»Ruhig sein? Warum soll ich ruhig sein? Ich habe diese Schlächterei satt . . .«

Ich zuckte die Achseln und wandte mich ab. Zwischen ausgeglühten Ruinen von dem, was einmal eine Stadt gewesen war, den durch die Explosionen verbogenen Trägern, krochen unförmige Kreaturen umher, die zischende Laute von sich gaben, ekelerregende Blähungen.

»Schrecklich!« flüsterte mir Gregor zu.

»Ja, es ist furchtbar«, konnte ich mich nicht enthalten zu murmeln.

»In Reihe angetreten!« brüllte der Colonel.

Eine Reihe von Männern stellte sich zu einer drohenden Barriere auf, gespickt mit schweren Handwaffen und den Mündungen von Flammenwerfern.

»Strengt Euch an, Kinder, und zielt richtig!« schrie der Colonel.

Die Kinder – die sie vor noch nicht allzulanger Zeit noch gewesen waren – zielten richtig. Einige Sekunden später hatten die Schreie aufgehört, und zwischen den Ruinen der feindlichen Stadt rührte sich nichts mehr. Von den unbeschreiblichen zusammengeschrumpften Massen stieg ein ekelerregender Gestank auf, von dem einem übel wurde. Die Strahlengewehre und die Flammenwerfer hatten Wunder gewirkt.

»Pause!« schrie unser vielgeliebter Chef.

Der Colonel belastete sich nicht mit Gewissensbissen, er war ein kluger Taktiker und ein bekannter Spezialist für Völkermord. Ich war bereit, zu schwören, daß er diesen Krieg mit dem Rang eines General-Konteradmirals beenden würde.

Wir waren mehr als zweitausend, ein ganzes Regiment mit Sack und Pack, und wir durchkämmten das Hügelgebiet auf dem dritten Kontinent von Hekate, dem sechsten Planeten, der Beteigeuze umkreist. Wir leisteten ausgezeichnete Arbeit, und in den Botschaften, die wir von der Admiralität erhielten, wurden wir zu unserer Ausdauer beglückwünscht. Jawohl, Ausdauer mußte man tatsächlich haben, und der Colonel hatte davon genug für ein ganzes Regiment.

Verdammt, für Sterne hatte er ein gutes Auge! Natürlich nicht für diejenigen, die das Firmament schmücken, wir verstehen uns doch richtig!

Gregor und ich hatten von Anfang an mit der Operation R (R wie Repressalien) sympathisiert, und wir richteten es immer so ein, daß wir in den Raupenfahrzeugen oder in den Zelten während der Nachtruhe die benachbarten Plätze bekamen.

Gregor hatte das Pech, Pazifist in einer Epoche zu sein, die aus dem Krieg eine Art Lebensauffassung (oder Todesauffassung) gemacht hatte. Ich selber war weder warm noch kalt, ich schloß die Augen und drückte auf den Abzug, aber immerhin, ich drückte ab. *Ssss*, machte der blaue rotumränderte Funkenkegel, wenn er aus der Kanone herauszischte. *Ssss!* (Ja, manchmal hielt ich sogar die Augen offen!)

Gregor hatte Mühe, die Ruhe zu bewahren. Er war ein Überbleibsel der alten Rasse, der Rasse, die für den Frieden, die Liebe und allgemeine Verständigung eintrat.

»Es gibt genug Platz für alle im Universum«, predigten die Anhänger dieser Philosophie. »Der Krieg ist widernatürlich, ungeheuerlich und gegen den Willen des Schöpfers.«

Aber niemand hatte ihnen zugehört, und als sie angefangen hatten, Radau zu machen und mit Plakaten aufzumarschieren, hatte man ihnen drastisch Einhalt geboten. Um ihnen zu beweisen, daß der Krieg keinesfalls eine widernatürliche Sache, sondern eine Lebensnotwendigkeit sei, hatte man ihnen die Uniform der Raumflotte verpaßt und sie ausgeschickt, die gegenseitige Verständigung mit Waffen schweren Kalibers zu predigen. Das war eine Art so gut wie jede andere, Übelwollende in Wohlwollende zu verwandeln und aus Anarchisten ›anständige‹ Bürger zu machen.

Während meiner Jugendzeit war auch ich durch die nebulösen Tiraden der staatenlosen Intellektuellen der extremen Linken verführt worden. Aber eine gesunde Reaktion der Feigheit hatte mich wieder auf den rechten Weg gebracht, als die Polizei mit Helm und Gasmaske, in Stiefeln und mit Gummiknüppeln die Universität überfallen und blindlings auf die Studenten eingedroschen hatte, wo ich mein Studium der Raummedizin (übrigens, ohne es wiederaufzunehmen) absolvierte. Um ihnen meinen guten Willen zu beweisen, mein erwachtes klares Bewußtsein sowie meine unbedingte Loyalität gegenüber der Nationalen Evolutionistischen Partei, hatte ich mich bei den Fallschirmkommandos der interplanetarischen Befriedung verpflichtet, und die waren, das können Sie mir glauben, bestimmt keine Engel!

»Zum Teufel«, brüllte der Colonel, »schafft mir diese Kadaver vom Hals!«

Sofort ging eine Gruppe von Pionieren mit dem Spaten an die Arbeit und schaufelte in Rekordzeit ein rundes Loch, in das man die armseligen Überreste unserer Gegner hineinwarf. Dann trampelten wir herum, um die Erde einzuebnen, und ich erinnerte mich dabei an meine Ferien, wenn ich die Trauben zur Zeit der Weinlese mit meinen Füßen kelterte.

Ich weiß nicht, wie Sie sich unsere Feinde vorstellen. Lassen Sie mich von den Bewohnern des Planeten Hekate erzählen.

Zu Beginn meiner Beschreibung erinnere ich mich, daß ich früher einmal im Banne der Poesie stand, doch nun versuche ich vergeblich, klangvolle, gut gewählte Worte zu finden.

Diese Wesen waren von einer abstoßenden Häßlichkeit, daß

einen der Brechreiz würgte, wenn einer bloß näher kam. Sie sahen aus wie Fässer aus fettigem Leder, mit Gürteln von bunten Geißeln, die ständig von unbeschreiblichen Zitterbewegungen befallen zu sein schienen. Nein, darum ging es eigentlich nicht . . . aber auf alle Fälle, das war das Ärgste! Ich sollte vielleicht versuchen, eine Zeichnung von so einem Monster zu machen. Im botanischen oder biologischen Kolleg habe ich früher ganz beachtliche Zeichnungen zustandegebracht. Versuchen Sie einmal, sich einen Sack aus einem wabbeligen Stoff vorzustellen, der ständig zuckt und bei dem aus unzähligen Poren eine Art grünlicher Saft heraustrieft – eine giftige Absonderung oder Schweiß – der den ganzen Körper in eine ölige Schicht einhüllt. Das Ganze bewegt sich auf X-förmigen dünnen ›Beinen‹, und an fünf verschiedenen Stellen des Körpers befinden sich Arme mit Händen, die keine sind. Die Unanständigkeit gipfelt im Besitz eines Kopfes. Aber vom Kopf wollen wir lieber nicht weiter sprechen, denn es gibt Anlässe, bei denen Ihnen die Worte im Halse stecken bleiben.

Um der Wahrheit die Ehre zu geben, muß ich allerdings bemerken, daß diese Kreaturen in der Mitte ihres verdammten Kopfes grünliche Augen rollen ließen, und daß diese Augen alles ausdrückten, was diese Wesen empfanden, litten oder in der Tiefe ihrer Seele fürchteten. Ja, ich habe bewußt geschrieben ›ihrer Seele‹ – und dafür riskiere ich das Erschießungskommando!

»Antreten«, brüllte der Colonel, »Abmarsch in fünf Minuten, in Richtung zu den Hügeln!«

Er wandte sich an mich:

»Sergeant!«

»Zu Befehl, Colonel!«

»Nehmen Sie vier Leute, Lebensmittel für zwei Tage und Granaten, Sie bleiben auf Wache in den Ruinen!«

Dann knallte er mit seiner Reitpeitsche an seinen rechten Stiefel und spuckte in meine Richtung mit vor Freundschaft vibrierender Stimme die Worte:

»Versuchen Sie, nicht zu dösen, Sergeant!«

»Zu Befehl, Colonel!«

Er kam näher und legte eine nervöse Hand auf meine Schulter. In seinen blinzelnden Schlangenaugen beiderseits des Schustermessers, das ihm als Nase diente, flackerte eine seltsame Flamme. Seine Finger umklammerten fast schmerzhaft mein Schlüsselbein:

»Lassen Sie sich nicht umbringen, mein Kleiner.«

Dann brüllte er:

»Suchen Sie sich Ihre Leute aus, Sergeant!«

»Zu Befehl, Colonel!« brüllte ich meinerseits. Ich ging einen Schritt vor und posaunte: »Gregor . . .« (Der Colonel blinzelte noch stärker.) »Puschka, Larsen, Oliveira . . . Ich habe meine vier Männer, Colonel!«

»Sehr gut, Sergeant«, sagte er und klopfte mir energisch auf die Schulter. »Sie sollten gut aufpassen, bleiben Sie immer in Funkkontakt mit uns.«

»Darf ich Ihnen eine Frage stellen, Colonel?« sagte ich mit salbungsvoller Stimme und verbesserte meine Haltung, indem ich den kleinen Finger an eine imaginäre Hosennaht legte.

»Schießen Sie los, Sergeant!«

»Ich möchte gern wissen, ob wir tatsächlich in Gefahr sind.«

»Ich weiß es nicht, aber eins weiß ich: daß Kompanien von Fanatikern sich in unserem Rücken wieder zusammengeschlossen haben, und es kann schon sein, daß man etwas gegen uns versucht. Vielleicht gibt es für Sie und Ihre Männer die Tressen zu gewinnen . . .«

Billige Tressen und nach dem Tod eine Medaille. Die liebevolle Fürsorge des Colonel kam mir seltsam vor, aber in dieser Frage hatte ich schon lange meine eigene Meinung.

Fanatiker! Was ich in den Augen unserer Opfer gesehen hatte, war eher Verzweiflung als Fanatismus.

Der Krieg war ausgebrochen, weil wir ihn gewollt hatten. Wir waren auf Hekate stationiert, um die angestrebten kulturellen und wirtschaftlichen Beziehungen zu den widerlichen

Fässern, die den Planeten bevölkerten, zu fördern. Spezialisten, die es fertigbrachten, jeden Kontakt in Feindseligkeiten ausarten zu lassen, gingen an die Arbeit, den traditionellen diplomatischen Zwischenfall vorzubereiten, der als Funke zur Explosion des Pulverfasses dienen sollte. Das war kein Kunststück, denn auch die Bewohner von Hekate konnten sich äußerst empfindlich geben.

Fünfzehn Wochen nach der Landung des ersten irdischen Raumschiffs auf Hekate (so nannten wir diese Welt mit ihrem unaussprechlichen Namen) war der Planet ein Meer von Blut und Feuer.

Unsere Gegner waren natürlich im Recht und in verständlicher Wut, aber so sehr sie auch im Recht sein mochten, gegen unsere hochentwickelten Waffen konnte auch ihr gerechter Zorn nichts ausrichten. Wir verfeinerten unsere Kriegführung, wir machten daraus das *non plus ultra* der Zerkleinerung, und wir streuten Salz auf die Fundamente der durch die Vibrationsbomben zerstörten Städte. Auf den pulverisierten Ruinen ließen wir durch donnernde Orchester brausende kriegerische Hymnen ertönen. Unsere Truppen hatten um so weniger Widerwillen, den Abzug am Gewehr zu kitzeln, als unsere Gegner so entsetzlich häßliche Burschen waren, für die man schlecht einen Vergleich finden konnte.

Trotzdem konnte ich mich nicht erwehren, Mitleid mit ihnen zu empfinden.

Der Colonel zündete sich eine Zigarette an, klopfte mit der Peitsche an seine Wade, sah mich prüfend und fast ein wenig unsicher an und meinte seufzend:

»Nun dann . . .«

Dann machte er eine Kehrtwendung und ging zu den Raupenfahrzeugen. Zum erstenmal in der unendlich langen Zeit, die ich auf Hekate war, wurde mir klar, wie sehr mich dieser Mensch anwiderte. Mehr als die Bewohner von Hekate, diese Fässer auf dünnen Beinen, mehr als ihre unsagbaren Blähungen, mehr als der ekelerregende Gestank, den sie verbreiteten.

Als sich die lange Metallkarawane in Bewegung setzte und der Colonel sich noch einmal umdrehte, um mir zuzuwinken, war ich versucht, die ganze Zerstörungskraft meines Strahlengewehres über ihn auszuleeren. Ich fühlte Gregors Hand auf meinem Arm.

»Wie dreckig!« zischte er.

Ich sagte nichts.

Die Nacht war hereingebrochen. Wir hatten uns einen Unterstand zwischen Mauerresten eingerichtet und lagen auf der Erde, damit beschäftigt, zu träumen und zu rauchen. Keiner sprach ein Wort. In einer Fensteröffnung hielt Puschka Wache, das Gewehr quer vor dem Bauch. Mit dem Rücken an das Mauerwerk gelehnt, standen Larsen und Oliveira Gregor und mir gegenüber, von zwei oder drei verbogenen Metallträgern überragt. Es herrschte Schweigen. Wir waren müde und fragten uns, was kommen sollte.

»Sagt doch etwas! Ihr wollt doch nicht vor euch hindösen?« schrie Puschka. »Ich habe den Eindruck, daß ich da oben meine Zeit verliere.«

»Laß uns in Ruhe«, sagte ich, »man tut, was man kann. Wenn du irgendwas siehst, dann melde dich!«

Dann dachte ich an den Colonel. Er glaubte bestimmt, etwas für mich getan zu haben, denn in seinem Schädel gab es nur einen einzigen legitimen Ehrgeiz: Tressen zu ergattern. Auf seine Art schätzte er mich sehr, aber ich hätte auf seine Zuneigung gern verzichtet.

Ich warf meine Zigarette weg und betrachtete den Himmel, der wie ein tiefschwarzes, silberdurchwirktes Tuch aussah (ja, von Zeit zu Zeit bildete ich mir ein, daß ich noch Gedichte schreiben könnte. Jeder nach seinem Geschmack, nicht wahr?), wobei ich mich fragte, was wir machen sollten, wenn sie *tatsächlich* angriffen. Aber ich zuckte die Achseln, denn ich wußte, daß die Hekatianer ja doch am Boden zerstört waren, zersprengt und in die Flucht geschlagen und daß die armseligen

Truppenreste, die uns noch in den Rücken fallen könnten, vor ein paar Raketenwerfern nicht lange standhalten würden.

Hierzu ist zu sagen, daß wir, obwohl wir nur fünf waren, mit unseren Waffen ein ganz schönes Gemetzel anrichten konnten. Denken Sie doch! Zwei Gewehre mit Vibrationsgranaten, drei Strahlenkarabiner, thermische Pistolen (Grillen auf Distanz, höchst bemerkenswert!) und eine ganze Reserve an sonstigen gefährlichen Knalleiern.

Aber warum sich Gedanken machen.

Gregor hatte das Feldtelefon in Reichweite auf eine Steinplatte gestellt und paffte in kurzen nervösen Zügen.

Das Schweigen hielt an. Ich betrachtete jetzt die Spitzen meiner Schuhe und fragte mich, was für Gedanken wohl durch den Kopf eines Mannes wie des Colonel gingen und welchen Zweck er damit verfolgte, methodisch Sterne auf seiner Mütze zu sammeln. Und vor allem, ob er fähig war, Gefühle zu empfinden, die menschlichen Empfindungen mehr oder weniger ähnlich waren.

Schließlich war es Gregor, der das Schweigen brach.

»Kannst du das noch lange aushalten?« fragte er.

»Was aushalten?« erwiderte ich.

»Das weißt du sehr gut, stell dich doch nicht dumm, diese Schlächterei! Diese Kaldaunen, diese Schweinerei . . . Man kann sie ja schließlich nicht alle massakrieren.«

»Warum nicht? Man kann sich ja schließlich nicht umbringen lassen. Wir haben die Mittel und die Ausdauer. Im übrigen ist mir das völlig egal.«

»Das sagst du so . . .«

Diese interessante Unterhaltung wäre zweifellos noch lange so weitergegangen, wenn Larsen sich nicht eingemischt hätte.

»Halt's Maul!« brüllte er. »Du machst uns nur trübsinnig!«

»Und *wie* du uns deprimierst«, warf Oliveira ein, dem es schon immer ein wenig an Fantasie gefehlt hatte.

Ich fragte mich, warum Gregor alle gegen sich hatte. Vielleicht, weil er zu sanft war, zu kraftlos und damit die Fußtritte auf sein Hinterteil anzog wie der Honig die Fliegen. Selbst ich hatte manchmal Lust, ihm aus reiner Lust am Widerspruch zu widersprechen, obwohl ich im Grunde genommen mit ihm vollkommen übereinstimmte.

»Du bist doch immer so schlau«, schrie Gregor, an die Adresse von Larsen gewandt, »dann sag du uns doch, warum uns der Colonel zurückgelassen hat!«

Ich faßte ihn am Ärmel seines Drillichanzugs.

»Sei ruhig«, sagte ich, »sei doch ruhig.«

Ich fühlte mich plötzlich nicht wohl in meiner Haut.

Später, als die anderen schliefen und ich in einem Fensterrahmen zusammengekauert Wache hielt, dachte ich wieder an den Colonel und fragte mich, ob er versuchte, aus mir seinen Roland von Ronceval zu machen.

Und ich fühlte mich *noch* elender.

Genau wie an dem schicksalhaften Tag, an dem die Polizisten in das Universitätsgelände eingedrungen waren.

Einige Minuten später ließ mich ein leichtes Geräusch auffahren. Ich blickte angestrengt in die Dunkelheit und sah zwei kleine rötliche Flecke einige hundert Meter direkt vor mir im klaren Mondlicht. Ich blickte noch schärfer hin und wurde mir klar, daß der Colonel wußte, wovon er sprach. Die anderen kamen tatsächlich zum Kampf zurück.

Einen Augenblick lang blieb ich wie betäubt in der Fensteröffnung hocken, das Gewehr quer vor dem Bauch. Unglaublich! Aus dem Boden kamen wie Maulwürfe die ekelhaften Massen unserer Gegner hervor.

Endlich begann ich laut zu schreien und brüllte Gregor an, den Kommandanten anzurufen. Sofort!

Die anderen, noch nicht ganz wach, stürzten zu den Fensterlöchern und machten ihre Waffen schußbereit. Als sie die rosigen Geißeln im Mondschein zittern sahen, begriffen sie sofort.

»Wir werden ihnen den Wanst zum Platzen bringen!« brüllte Puschka.

»Knallt mir alles ab!« äffte Larsen den Colonel nach.

»Nein, wartet noch!« schrie ich.

Während sich Gregors Stimme am Feldtelefon überschlug, ruhte mein Blick auf den dunklen Trichtern, aus denen sich die Monster zwischen Gesteinstrümmern und verbogenen Trägern herausarbeiteten, den letzten Resten ihrer durch die Zerstörungswut der Menschen verwüsteten Stadt.

Was konnten sie denn auch gegen uns ausrichten?

»Nun«, fragte Oliveira, »grillen wir sie oder nicht?«

»Abwarten«, sagte ich.

Ich richtete mich in der Fensteröffnung auf (jeder im Leben benimmt sich einmal idiotisch, hält das für heldenhaft und möchte sich hinterher dafür selber in den Hintern treten!) und sah in die Augen der ersten Kreatur, die auf die Fassade zukroch, hinter der wir uns befanden.

»Haut ab!« brüllte ich. »Verdrückt euch! Was ihr das macht, ist verrückt!«

Meine Kameraden sahen mich an, als ob sie mich zum erstenmal sähen. In ihren Augen war Überraschung zu lesen und noch etwas wie Geringschätzung.

»Bist du total übergeschnappt?« fragte Larsen entgeistert.

»Bleibt, wo ihr seid«, schrie ich. »Was habt ihr vor?«

Das eitrige Faß, das aus der Tiefe der Nacht auf mich zukroch, versenkte seinen Blick aus grünlichen Pupillen, so groß wie Geldstücke, in den meinen und kam langsam, aber unbeirrt weiterhin auf mich zu. Und in diesem Blick las ich die Verachtung und die Verzweiflung. Ich sprang vom Fenster herunter und schrie die anderen an, meinen Befehl zur Eröffnung des Feuers abzuwarten.

»Der Colonel ist am Apparat«, sagte Gregor.

Sofort schrie ich in das Mikrophon:

»Mit Verlaub, Colonel, sie sind da, aber ohne Waffen. Ich weiß nicht, ob sie feindliche Absichten haben und . . .«

»Hat nichts zu sagen, mein Kleiner! Knallt mir alles ab!«

»Aber, Colonel!«

Ich schrie mich vergeblich heiser, denn die Verbindung brach ab.

Gregor sah mich mit unentschlossener Miene an.

»Was soll geschehen?« fragte er.

»Ich weiß nicht.«

»Man müßte die Sachen packen und sich auf Zehenspitzen davonschleichen.«

Ich zuckte die Achseln.

»Du spinnst«, sagte ich.

Ich lief zu einem der Fenster. Die anderen starben fast vor Ungeduld, den Abzug durchzuziehen, und die Hekatianer kamen in unbegreiflicher Weise immer näher. Die vordersten waren nicht mehr weiter als zwanzig Meter von unserem Zufluchtsort entfernt. Was sollte das Ganze für einen Sinn haben?

Und plötzlich überfiel mich Panik, als ich mir vorstellte, daß sie sich plötzlich auf uns stürzen und uns mit ihrem eitrigen Geifer besudeln, uns mit ihrer monströsen Masse erdrücken und uns den schimpflichsten Tod bereiten würden.

»Zersiebt ihnen den Bauch!« schrie ich.

Und im selben Augenblick wurde die Nach auch schon von blauen und orangefarbenen Hitzetropfen durchlöchert, und gleich darauf trieb uns ein entsetzlicher Gestank die Tränen in die Augen.

»Zerfetzt sie! Knallt sie ab!«

Wir brachen in ein hysterisches Gelächter aus und hatten nicht genug Finger, die Abzüge zu bedienen. Wir setzten unsere gesamte Feuerkraft ein. Die Miniraketen schlugen Krater in den lebenden Brei, der unaufhörlich gegen das Mauerwerk lief. Es war scheußlich. Es war entsetzlich.

Ich hörte ein Schluchzen und drehte mich um. Gregor hielt sich an dem Mauerrest neben meinem Fenster fest, und sein Gewehr spuckte kurze Feuerstöße. Er weinte schluchzend wie ein Kind, und seine Schultern zuckten. Und ich verstand, daß alles verloren war und daß die Zukunft Leuten wie dem Colonel gehörte. Aber trotz unseres Trommelfeuers, unseres Gemetzels, gingen unsere Gegner weiterhin vor, die einen kriechend, die anderen auf ihren pockennarbigen dünnen Beinen stolpernd. Sie blieben stur, und kein Laut kam aus der weichen Spalte, die bei ihnen den Mund darstellte. Sie gingen mit sparsamen Gesten voran; sie hatten Zeit. Zum Sterben ist immer genug Zeit.

Nicht ein einziger von ihnen trug eine Waffe.

Das Feldtelefon zirpte, und die Stimme des Colonel näselte:

»Wir kommen, Kinder, haltet euch gut und knallt mir alles ab!«

»Jawohl«, schrie ich, »wir gehen ran, wir tun, was wir können!«

Und plötzlich wurde mir klar, daß ich ein Held war, daß ich, gleichgültig, wie dieses Gemetzel ausgehen würde, einen Orden der Raumflotte erhalten würde, verchromte Tressen und einen Erholungsurlaub auf Terra oder in einem der Bordelle der umliegenden Welten.

Die Hekatianer hatten nicht die geringste Chance. Aber aus welchem Grund, um Himmels willen, kamen denn dann diese Dummköpfe, um sich in Stücke hauen zu lassen? Wegen des schlichten Vergnügens, uns mit verächtlicher Miene anzusehen? Wie absurd! Diese Wesen wußten wahrhaftig nicht, was sie taten.

Sie waren genauso wie die da unten auf Terra, die nicht aufhörten, Schmähschriften zu verfassen und Flugblätter gegen die Armee, gegen die Regierung zu verteilen; diese Intellektuellen der extremen Linken, die . . .

Als ob man auch nur irgend etwas gegen die Nationale Evolutionistische Partei unternehmen könnte!

Und was hätte ich denn von der Zukunft zu erwarten, wenn ich über den Colonel herziehen würde, die Repressalien auf Hekate, das Massaker an den Eingeborenen und die Eroberung des Raums?

Oliveira entpuppte sich als der Blutgierigste von uns fünf; aufrecht in einer Fensteröffnung stehend, in seiner Stupidität einem triumphierenden Gott des Krieges und des Gemetzels gleich, feuerte er pausenlos Vibrationsgranaten ab, und sie trafen alle ins Ziel.

Als die Mini-Bombenflugzeuge unseres Regimentes plötzlich am Himmel auftauchten, als seien sie den Monden von Hekate entsprungen, zitterten wir vor Aufregung und Erschöpfung. Die Nacht erhellte sich, und wir führten ein Rückzugsgefecht, während die Bomben das kleinhackten, was noch von den Ruinen unserer Gegner übrig geblieben war.

Einige Stunden später war die Kolonne mit Sack und Pack da. Stiefel knarrten, Lärm und Geschrei umgab uns, man kam, um uns auf die Schultern zu klopfen: »Gut gemacht, Jungens!«, und wir konnten uns wieder einmal eine Zigarette anzünden und einen Tropfen zu uns nehmen.

Ein blonder Offizier fragte mich, ob ich mit mir zufrieden wäre, und ich wußte nicht, was ich ihm antworten sollte, denn offen gestanden, auch beim besten Willen der Welt konnte ich mich nicht über mein Glück freuen. Ich hätte trotz allem gern gewußt, was in den abscheulichen Köpfen der Bewohner von Hekate vor sich gegangen war und warum sie sich so eifrig zu der Schlächterei gedrängt hatten. Es nützte mir nicht viel, daran zu denken, daß diese Wesen nichts Menschliches hatten und daß ihre Reaktionen uns daher nur seltsam vorkommen mußten. Mit dieser halben Antwort konnte ich mich nicht zufriedengeben.

Gregor hatte sich wieder erholt. Er rauchte eine Zigarette nach der anderen und hörte nicht auf, seine Kameraden zu fragen, ob sie nicht noch etwas Scharfes zu trinken hätten. Ein etwas einfältiges Lächeln lag auf seinem Gesicht, in dem die Tränen graue Spuren in der Schmutzkruste auf der Haut hinterlassen hatten. Ich richtete zwei- oder dreimal das Wort an ihn, aber er wandte jedesmal den Kopf ab und weigerte sich, mir zu antworten. Und ich bekam den Eindruck, daß ich anfing ihn zu hassen, diesen lebenden Vorwurf, dieser ... dieser vaterlandslose Intellektuelle von der dekadenten extremen Linken! Wenn er so weitermachte, mich zu ignorieren, nun, dann könnte ich vielleicht ...

Furchtbar, wenn ich daran denke! War ich das wirklich, der solche Gedanken im Kopf wälzte?

Warum, zum Teufel, hatte mich dieser Hekatianer so angesehen, ich will sagen, mit solchen Augen, bevor er starb, ohne einen Laut von sich zu geben?

Zum Glück wurde ich aus diesen trüben Gedanken durch die lärmende Ankunft des Wagens herausgerissen, der den Colonel brachte. Er hatte sich verspätet, weil er sich umgezogen hatte. Anstelle des gelbbraunen Drillichanzugs trug er geschniegelt und gebügelt seine Paradeuniform, mit Orden überladen. Stolz und selbstbewußt schlug er mit der Reitpeitsche gegen seine Wade. Sein Gesicht strahlte.

Einen Augenblick lang glaubte ich, daß er mir um den Hals fallen wollte, aber zwei Schritte vor mir blieb er plötzlich stehen, und seine Hand schnellte in meine, wie von einer Feder angetrieben. Als mein Arm endlich wieder längs meiner Hose lag, stellte ich mich instinktiv in eine noch korrektere Positur und schrie mit einer Stimme, die den Umständen angemessen war:

»Sergeant W. zur Stelle, Colonel!«

Sehen Sie, die Dinge sind nicht immer so einfach; der Mensch ist nicht einfach eine Sache wie irgendeine andere. Und ich kann Ihnen schwören, daß ich stolz auf mich war, als mich der Colonel von oben bis unten ansah und fast liebevoll sagte:

»Glänzende Arbeit, mein Junge.«

Es gibt nicht mehr viel zu erzählen. Manu militari, mit Waffengewalt ging die Befriedung Hekates weiter und wurde ganz im Sinne unserer Interessen vollendet. Das Hügelgebiet wurde ganz besonders sorgfältig behandelt, und die Admiralität erklärte in einem offiziellen Kommuniqué, daß ›das Expeditionskorps Pflichterfüllung und Disziplin gezeigt habe, was klar beweist, daß die Zukunft der Zivilisation gehört und daß die Nationale Evolutionistische Partei die Zivilisation bedeutet‹.

Wir verließen Hekate, alle fünf, um das anzutreten, was man eine wohlverdiente Erholung nennt. Das Raumschiff, das uns nach Terra brachte, war mit allem Komfort ausgestattet, den man sich wünschen konnte. Schließlich waren wir ja, nach allem, was geschehen war, Helden, nicht wahr? Und Helden haben ein gewisses Anrecht auf Pflege.

Unterwegs trafen wir ein Raumschiff von mittlerer Tonnage unbekannter Herkunft. Da es auf unseren Anruf nicht reagierte, waren wir gezwungen, es abzuschießen. Im Wrack des Schiffs entdeckten wir etwa hundert Fässer aller Größe mit X-Beinen, die unseren Gegnern von Hekate zum Verwechseln ähnlich sahen. Ich wäre außerstande, Ihnen zu sagen, was dieser Zwischenfall bedeutete. Er paßte zu unserem Abenteuer wie ein Haar in der Suppe. Wir waren immer fest davon überzeugt gewesen, daß die Bewohner von Hekate nicht über Raumschiffe verfügten. Wir hatten kaum ein paar miese Flugzeuge zu Gesicht bekommen, die schon bei den ersten Scharmützeln wie Seifenblasen am Himmel zerplatzten.

Es ist wahr, was unsere Sklaven vom Jupiter sagen, daß sich das ganze Universum um den Nabel des Göttlichen Mittelpunkts dreht und daß sich mit ihm Glück und Unglück wenden und wechseln, der Sieg und die Niederlage, das Leben und der Tod. Aber welchen Glauben soll man solchen nebulösen Sprüchen von Waschlappen schenken, die nicht einmal imstande sind, eine Kuh in einem engen Gang mit einem Vibrationsgranaten-Gewehr zu treffen?

Der Kommandant ließ uns Stillschweigen schwören, und eine gut plazierte Atombombe verwandelte das mysteriöse Raumschiff in eine Energiewolke.

Nun, wir werden ja sehen.

Ich bin nun wieder nach Hekate zurückgekehrt und schäkere

mit den Puppen in einem Luxusbordell. Ich schreibe diese Zeilen mit einem Bleistiftstumpf in ein kleines Notizbuch, das ich tief in meiner Tasche versteckt halte. Draußen scheint die Sonne: Ja, Beteigeuze, *das ist eine Pracht!* Durch die große Fensterscheibe kann ich wie in Technicolor die gelblich-rötlichen Knospen des nahen Laubwaldes sehen. Ja, Hekate gehört uns, niemandem als uns, und wir freuen uns sehr über unseren Sieg . . . Ich bin bedeckt mit Auszeichnungen, habe Frauen und im Geld schwimme ich auch. Mit Alkohol bin ich mehr als dreiviertel voll. Auf dem Teppich schläft eine splitternackte Hure, in schamloser Stellung, den Mund offen, mit gespreizten Beinen, sternhagelvoll . . .

Ich sitze in einem Entspannungssessel und kritzle hastig diese Zeilen hin. Ich habe Angst, daß ich jeden Augenblick überrascht werden könnte und daß man mich fragt, was ich da schreibe. Ich werfe diese Zeilen aufs Papier. Der Kopf brennt mir, aber innerlich bin ich ganz kalt. Man fühlt sich wie gefangen in diesem schwülen Bordell, diesem Soldatenparadies, das einen schlapp macht. Ich versuche, trotz allem, was geschehen ist, mir nicht zuviel Gedanken zu machen, nicht zuviel zu grübeln, denn das wäre schlecht, schlecht für die Moral, und es wäre undankbar, wenn ich den Colonel enttäuschte, auch wenn Gregor diese Nacht Selbstmord begangen hat.